Pépé la Boulange

Yvon Mauffret

Pépé la Boulange

Neuf
l'école des loisirs
11, rue de Sèvres, Paris 6e

© 1986, l'école des loisirs, Paris
Loi numéro 49.956 du 16 juillet 1949 sur les publications
destinées à la jeunesse : mars 1986
Dépôt légal : avril 1998
Imprimé en France par Bussière Camedan Imprimeries
à Saint-Amand-Montrond
N° d'édit. : 2599. N° d'impr. : 982647/1.

1

Ce jour-là, c'était l'anniversaire de mon grand-père. Aussi loin que je pouvais remonter dans mes souvenirs, nous avions toujours eu coutume de nous réunir dans la grande salle au-dessus de la boulangerie familiale afin de marquer l'événement. Malgré la disparition de ma grand-mère, il y avait deux ans, nous avions maintenu les rites.

Donc, la famille était au complet: grand-père, évidemment, qui trônait en bout de table, ma tante Marcelle, son mari l'oncle Georges et leurs trois enfants, mon père, ma mère et moi, Thomas. Le chat Mitron, énorme matou blanchâtre, ronronnait à sa place, au pied du téléviseur...

Le rôti a succédé au plateau de fruits de mer. Puis, après les fromages, tante Marcelle a présenté à bout de bras un énorme gâteau surmonté de sept grandes bougies et de deux plus petites, symbolisant les soixante-douze ans de Julien Granger. Grand-père les a soufflées d'un coup, tandis que l'oncle Georges faisait sauter un bouchon de champagne jusqu'au lustre rose du plafond. Ma cousine Sophie qui va sur ses cinq ans a bredouillé un compliment composé par sa mère, sous l'œil attendri des grandes personnes. Bref, la fête de famille suivait son cours classique, à la fois chaleureuse et dépourvue d'originalité.

Moi, je ne sais trop pourquoi, je m'ennuyais un peu. Rester à table n'a jamais été mon fort ; je suis plutôt du genre à avaler, vite fait, un plat de spaghetti avant de disparaître dans la nature ! Tout de même, je me sentais tranquille au milieu des miens, à moitié endormi, l'estomac un peu lourd. Par la fenêtre j'apercevais les arbres de l'avenue Clemenceau dont les branches s'ornaient déjà de bourgeons, tandis que montaient jusqu'à moi les bonnes odeurs familières de pain frais, de croissant chaud, de caramel et de sirop, associées depuis toujours à mes souvenirs.

Mitron ronronnait, soulevant à intervalles réguliers sa panse rebondie ; la vieille pendule murale au cadran orné de fleurs s'apprêtait à égrener les quatre coups de quatre heures.

C'est alors que la bombe a éclaté !...

Tranquillement, grand-père s'est levé. Il a bu un peu de champagne, s'est soigneusement essuyé les moustaches, de superbes bacchantes poivre et sel qui le font un peu ressembler à un vieux morse, et d'un geste il a réclamé le silence. C'était tellement inhabituel, venant de lui, qu'effectivement les conversations d'après déjeuner se sont arrêtées d'un seul coup.

Il faut dire que jusqu'à cet instant précis Julien Granger passait aux yeux de tous pour quelqu'un de très gentil sans doute, mais de tellement discret qu'il paraissait effacé. Durant soixante ans il avait passé sa vie au fournil; pétrissant, enfournant, cuisant, désenfournant; ça, la boulange, il connaissait! Mais par ailleurs une vraie souris, écrasé un peu, au propre comme au figuré, par sa femme Mina, née Van der Brooke, robuste Flamande débordante de vitalité. Grand-père l'avait toujours laissée mener la barque, se contentant de boulanger la nuit, de dormir le jour, s'échappant seulement de temps en temps pour aller taquiner les goujons de la Marne.

— Julien! Quel brave homme! disaient les gens. Et puis ils parlaient d'autre chose.

Moi, je l'aimais bien, je crois, mais comme une sorte de totem familier. Quand nous venions à Nogent je l'embrassais volontiers sur ses joues souvent rugueuses, il me fixait une seconde de ses yeux étonnamment bleus, il me tapotait la joue gauchement, cherchant sans doute quelque chose de gentil à dire et c'est alors qu'intervenait grand-mère.

— C'est bien, Julien, disait-elle de sa voix sonore. Laisse-moi le ch'ti et va-t'en voir plutôt ce que devient la fournée!

Mon grand-père aurait disparu alors, je n'en aurais gardé qu'un vague souvenir attendri, mais imprécis et je n'aurais jamais su qui il était vraiment.

Mais voilà, il s'était levé, il avait réclamé le silence et le cours des choses s'apprêtait à changer!

— Papa, tu as quelque chose à dire? a murmuré tante Marcelle, très étonnée. Tante Marcelle, c'est la sœur de mon père; il paraît qu'elle ressemble à ma grand-mère. Elle est grande, costaude, rose et blanche. C'est elle qui, avec l'oncle Georges, a repris la vieille boulangerie; après l'avoir bouleversée et modernisée de fond en comble, elle en assure désormais la bonne marche.

— Mes chers enfants, a commencé grand-père, je veux tout d'abord vous dire merci pour votre gentillesse à tous, pour les cadeaux, pour votre affection...

— C'est bien naturel, papa!

— Bien sûr, mais merci quand même. Et maintenant je veux vous faire part d'une idée qui m'est venue, comme ça, depuis quelque temps. Elle a mijoté dans ma tête. Je l'ai tournée et retournée tout tranquillement, les nuits où je ne dors pas. Maintenant elle est à point.

Je ne lui aurais jamais jusqu'alors soupçonné de

tels dons de comédien; il tenait son auditoire en haleine, conscient de ses effets.

— Alors, cette idée ? a dit tante Marcelle.

Quelques secondes de silence supplémentaires, pour faire durer le plaisir, puis, enfin, il s'est décidé :

— Voilà, mes enfants ; la semaine prochaine je prends la voiture et je m'en retourne chez moi...

Stupeur générale parmi les membres du clan ! A l'évidence personne n'y comprenait rien.

— Mais, papa, a gémi tante Marcelle, chez toi, c'est ici ! Tu le sais bien !

— Et puis ta voiture, c'est un vieux clou, a ajouté l'oncle Georges, tu ne feras pas dix kilomètres.

— Enfin papa, où veux-tu aller exactement ?

Ça c'était la voix calme et posée de mon père.

Grand-père semblait s'amuser comme un petit fou.

— Où je veux aller, Pierre ? Mais je vous l'ai dit. Chez moi, à Belle-Île, à Locmaria exactement, là où j'ai vu le jour il y a soixante-douze ans.

Tante Marcelle était la plus perturbée de nous tous. Il faut dire que depuis que grand-mère n'est plus là, elle poulote grand-père, le bichonne, le materne, comme si c'était un bébé.

— Qu'est-ce que c'est que cette histoire, a-t-elle gémi, en levant les bras au ciel. Tu es né là-bas certes, mais enfin tu as quitté ton île à douze ans.

— A treize ans, Marcelle !

— Oh, ne m'interromps pas, tu m'agaces ! En tout cas tu n'y es jamais retourné...

— Si, a-t-il murmuré. Plus tard, après la mort de ma mère, pour vendre ce qu'il y avait... C'était juste après mon mariage...

— Tu vois, tu le dis toi-même, tu n'as plus rien là-bas. Tu ne nous y as jamais conduits...

— Votre maman préférait aller en vacances à Berck, dans son pays.

— Peu importe ! Voilà qu'à soixante-douze ans, avec un cœur fragile, de l'artériosclérose, du diabète, que sais-je encore, tu veux t'embarquer dans ton engin d'un autre âge et aller te perdre dans les profondeurs de l'océan. Mais enfin papa, tu es devenu fou !

Emportée par son indignation, tante Marcelle a tellement élevé la voix que la petite cousine Sophie s'est mise à hurler. Le temps de la faire taire et les choses s'étaient un peu calmées. Mais grand-père restait debout derrière sa chaise, souriant, tranquille.

Papa est intervenu à nouveau.

— Bon, a-t-il dit, je comprends que tu aies envie de revoir ton pays d'enfance, de retourner à tes sources. Mais enfin papa, attends cet été. Je te promets de t'y accompagner. Cela me fera plaisir, tu sais.

— Mon garçon, je serais ravi de ta compagnie. Seulement, je ne veux pas attendre. A mon âge il faut vivre l'instant présent, ne rien remettre à plus tard. Tu as entendu Marcelle, il paraît que je suis dans un état physique lamentable.

Là, papa n'a pu s'empêcher de sourire. Etant médecin, il sait mieux que quiconque ce qu'il faut penser de la santé de grand-père !

— Allons, ne raconte pas d'histoires. Tu es taillé pour vivre cent ans, à condition bien sûr de faire attention !

— Donc, rien ne s'oppose à mon départ !

Tante Marcelle a recommencé à se tordre les bras.

— Il me fera mourir ! a-t-elle déclaré, en nous prenant tous à témoin. Si je pouvais, je t'accompagnerais, je pourrais au moins veiller sur toi. Mais avec le commerce, c'est impossible.

Alors maman a pris la parole. Comme toujours elle avait attendu son heure, évitant de se mêler à la discussion, veillant à ne blesser personne. C'est une fine mouche, ma mère, et je l'adore... Pourtant quand j'ai entendu ce qu'elle disait, j'ai eu une forte envie de lui tirer la langue ou de lui faire un pied de nez...

— Père, disait-elle, si vous emmeniez Thomas ? Les vacances de Pâques commencent dans trois jours...

Justement! J'avais plein de projets pour ces vacances.

J'étais invité à passer la première semaine à Vézelay, chez des copains; on en parlait depuis Noël. Ils avaient prévu de grandes randonnées à vélo, des explorations de grottes, des descentes de rivières en canoë, tout un programme alléchant. Ensuite durant le temps qui me resterait à Paris, j'avais des films à voir, je voulais repeindre ma chambre, ranger mes timbres-poste entassés en vrac dans une boîte de carton. Bref j'avais mis au point un programme complet... Et voilà que maman compromettait tous ces projets avec sa petite phrase de rien du tout.

— Mais maman, je...

Elle m'a fait taire d'un coup d'œil. Elle n'a l'air de rien comme ça, mais elle sait se faire obéir.

Grand-père m'a regardé longtemps d'un petit air bizarre, et je n'aurais su dire s'il était attendri ou simplement goguenard.

— Qu'en penses-tu, mon garçon? m'a-t-il demandé tranquillement.

Tante Marcelle ne m'a pas laissé le temps de répondre.

— Colette, a-t-elle dit à ma mère, vous n'y pensez pas. Thomas n'a pas douze ans. Il est raisonnable certes, mais enfin c'est un enfant. Que fera-t-il s'il arrive quelque chose à notre père...

Grand-père lui a coupé la parole.

— Ma chère fille, tu commences à m'agacer! Que veux-tu qu'il m'arrive à la fin, tonnerre de bonsoir! Je ne suis pas en train de mettre sur pied une descente de l'Amazone ni une ascension de l'Everest. Je veux simplement aller voir le pays où je suis né, essayer de retrouver quelques témoins de mon enfance, s'il en reste encore. J'ai travaillé durement toute ma vie, j'ai envie de m'octroyer une petite récréation...

— Tu ne pars pas pour rester là-bas?

Il a haussé les épaules.

— Très franchement, je n'en sais rien. Je vais pour voir. Mais peut-être après tout... J'ai quelques économies dont vous n'avez pas besoin; si je me trouve un petit quelque chose à Locmaria et que j'en ai envie, je me laisserai peut-être tenter.

— Notre père est devenu fou, a gémi tante Marcelle, en joignant les mains. Non mais, sans rire, vous le voyez vivre là-bas, dans cette île perdue au milieu des plumes... non des brumes, et des vagues! Et qui te fera à manger? Qui s'occupera de ton linge? Qui te frictionnera le dos quand tu auras des rhumatismes? Le pape, peut-être!

Julien Granger laissait passer l'orage, imperturbable. Quand la pauvre tante fut à bout de souffle, il se tourna à nouveau vers moi.

— Alors, Thomas, reprit-il, as-tu envie de m'accompagner ?

J'avais eu le temps de réfléchir durant les lamentations de tante Marcelle. Après tout, j'aurais l'occasion de retourner à Vézelay une autre fois, je repeindrais ma chambre un peu plus tard et mes timbres-poste pouvaient attendre encore un peu.

— Si tu veux, ai-je répondu.

Il m'a fixé longtemps de ses yeux bleu clair.

— Hum, a-t-il dit, je ne suis pas certain que cela te fasse vraiment plaisir, et j'ajoute que je te comprends ; passer quinze jours avec un vieux monsieur un peu radoteur, ce n'est pas une perspective tellement réjouissante. Non, ne proteste pas mon petit, c'est naturel. Pourtant, j'ai très envie de t'emmener là-bas. Je n'y avais pas pensé, mais comme toujours ta fine mouche de mère l'a fait à ma place. Ecoute, voici ce que je te propose : je t'emmène, et si au bout de deux ou trois jours tu t'ennuies, si tu as envie de rentrer, eh bien tu reprendras le train... Contrairement à ce qu'imagine ta tante, Belle-Île n'est pas un rocher noirâtre perdu dans l'Atlantique, mais une grande île à laquelle on accède aisément !

Puis il s'est tourné vers mes cousins, Maurice, Caroline et Sophie...

— Quant à vous les petiots, a-t-il murmuré, vous êtes encore un peu trop petits, et je ne crois pas que

votre mère vous laisse venir avec moi.
— Ça, jamais ! a gémi tante Marcelle.
— Quand vous serez plus grands, vous viendrez me voir, à votre tour !

Voilà, c'est ainsi que je ne suis pas allé à Vézelay et que mes timbres sont restés en désordre dans la boîte de carton.

*
* *

Nous sommes donc rentrés mes parents et moi dans notre appartement du quatorzième arrondissement, où mon père a également son cabinet de médecin généraliste. Nous avons parlé de tout et de rien, nous refusant d'un commun accord à aborder la fugue de grand-père. Mais le soir, maman est venue me trouver dans ma chambre.

— Alors, mon Tom, a-t-elle dit, pas trop déçu de renoncer à tes projets ?

— Un peu, mais pas trop, maman !

— Tu ne m'en veux pas de t'avoir embarqué dans cette aventure ?

— Je te dirai ça après.

Elle s'est assise sur mon lit, a tire-bouchonné une mèche de mes cheveux.

— Tu vois, Tom, a-t-elle murmuré, je trouve que ton grand-père a raison, et qu'il n'est jamais trop tard pour sortir de sa routine. Certes ta tante

Marcelle s'occupe admirablement de lui, il est dorloté, protégé. Avant elle, ta grand-mère a toujours tout décidé pour lui... pour son bien, certes. Tout de même, je comprends qu'il ait tout à coup envie de faire quelque chose pour lui tout seul.

Puis elle m'a demandé brusquement:

— Qu'est-ce que tu penses de lui, Tom?

— De grand-père?

— Oui!

J'étais un peu pris au dépourvu. J'ai bredouillé:

— Ben, je le trouve gentil, tranquille. Je l'ai toujours vu là avec ses grandes moustaches et ses yeux bleus. Je crois que je l'aime bien!

— J'ai toujours pensé qu'il avait plus de personnalité qu'il voulait bien le laisser croire, et je t'envie un peu de partager son aventure. Tu me raconteras, Tom, tu m'écriras?

— J'essaierai.

— Et tu ne m'en veux pas?

— Non, maman. Je t'assure!

Elle m'a embrassé, a éteint la lumière en sortant. Il était tard, mais j'ai eu beaucoup de mal à m'endormir. L'aventure qui m'était proposée et que tout d'abord j'avais jugée ennuyeuse, voici que soudain elle se chargeait d'attraits... J'essayais d'imaginer mon grand-père à mon âge, et je m'apercevais que j'ignorais tout de son enfance, de sa famille. Puis il y avait Belle-Île que je situais très mal, quelque part au large de la Bretagne. Je n'avais absolument aucune idée de ce qu'elle pouvait être, mais j'étais tout à coup très excité à la pensée de me retrouver bientôt là-bas... Une île, ça fait toujours rêver.

Je n'y ai pas manqué. Toute la nuit j'ai eu des rêves d'îles, des rêves étranges où se mêlaient des corsaires à jambe de bois, des bateaux fantômes, où venaient éclater des vagues gigantesques, où se dressaient des menhirs et des dolmens...

Le lendemain, j'étais malgré tout en pleine forme. Il ne restait que deux jours de classe avant les vacances.

Le vendredi, veille de notre départ, maman avait préparé mon sac. Il était convenu que j'aille coucher à Nogent afin d'éviter à grand-père la traversée de Paris. J'ai dit au revoir à mon père, débordé comme toujours par sa clientèle. Maman est venue me conduire jusqu'à la boulangerie familiale.

— N'oublie pas, Tom. Tu me raconteras ?

J'ai promis.

2

Il fait beau. Le mauvais temps de fin d'hiver qui s'obstinait à peser sur la France s'est dissipé d'un coup, sans doute parce que Julien Granger a décidé de prendre des vacances... Au-dessus de la Beauce se déploie un grand ciel gris-bleu, léger comme les premiers bourgeons. Aucun doute à avoir : le printemps enfin est là !

Bien installé à côté de mon grand-père, je ne dis rien... Lui non plus. Il se contente de siffloter entre ses dents, concentré sur la conduite — parfois imprévisible — de Pétula.

Mais il faut que je vous la présente !

Pétula, c'est une «quinze traction», l'un des plus beaux fleurons de monsieur Citroën. Toute noire, trapue, puissante, elle a dû voir le jour dans les usines du quai de Javel juste après la guerre, au cours des années cinquante, mais lorsque grand-père appuie sur le champignon, elle est capable de laisser loin derrière elle plus d'une voiture moderne.

Quand il s'agit de Pétula, grand-père est intraitable. Il paraît que ma grand-mère elle-même a eu beau user de toute son autorité, jamais elle n'est parvenue à la lui faire abandonner. «Achète-toi ce que tu veux mais moi je ne la quitterai jamais!»

Avec le temps, le problème des pièces de rechange a fini par se poser. Qu'importe! Grand-père a mis sur pied un réseau de copains, des garagistes, des ferrailleurs, des chiffonniers qui ont drainé vers lui tout ce qu'ils pouvaient ramasser dans la région parisienne, et même au-delà. Il a entreposé le tout chez «Paulo Patte en l'air», un autre de ses copains bricoleur de génie qui habite La Varenne. Grâce à cela, Pétula survit.

En partant ce matin, il a ouvert le coffre arrière de la traction... Bien rangées, impeccablement huilées, il y avait des pièces de toutes sortes, des bielles, des vilebrequins, des cardans...

— Tu vois, Thomas! Quoi qu'il arrive, nous serons prêts à faire face!

Pour le moment, Pétula ne réclame d'ailleurs aucune aide, elle fonce sur la nationale 10 en direction de Chartres.

— Pas d'autoroute, a dit grand-père. On arrivera quand on arrivera, et si ce n'est pas aujourd'hui ce sera demain!

A part ça, nous ne nous sommes pas dit grand-chose, depuis bientôt deux heures que nous sommes partis. Grand-père sifflote et conduit, moi je regarde le vaste paysage des grandes plaines à blé, les gros tracteurs cahotant dans les labours, et les corneilles qui tournoient dans le ciel.

— Ça va, Thomas ?
— Ça va !

Pétula continue sa route, pas tellement silencieuse, mais efficace. Au détour de la route, la flèche de la cathédrale de Chartres apparaît à l'horizon.

— On va s'arrêter en ville, dit grand-père. J'ai faim, pas toi ?

Mon Dieu, ce matin j'étais tout endormi et j'ai boudé les croissants chauds de tante Marcelle !

Pétula se faufile dans les rues et vient s'arrêter non loin de la cathédrale devant un bistrot-restaurant.

— C'est un de mes vieux camarades qui en est le propriétaire, murmure grand-père. J'espère qu'il est encore là !

Et je me dis que finalement, pour un homme effacé, il a beaucoup de copains !

Nous entrons, nous nous installons à une table ; une jeune femme blonde se dirige vers nous. Grand-père lisse sa moustache de morse.

— Dites-moi, madame... Martial Sennac, c'est bien le propriétaire de cet établissement ?

— C'était, monsieur.

Grand-père hoche la tête.

— Vous le connaissiez, madame?

— Bien sûr, c'est mon beau-père!

— Et... Et, il... n'est pas mort?

— Oh que non! Nous avons repris l'affaire, mais il vit toujours avec nous. Il est là-haut.

Le visage de mon grand-père s'est éclairé d'un coup.

— Vous pourriez lui dire de descendre. Je suis un de ses vieux camarades de guerre. J'aimerais lui faire la surprise...

Pour une surprise, c'en est une! Le grand vieillard chauve comme un œuf qui entre dans le bistrot, à l'appel de sa belle-fille, lève les bras au ciel en nous apercevant.

— Julien! C'est pas vrai, c'est toi, Julien!

— Martial, vieux bandit!

Et voilà nos vieillards partis dans les évocations: la guerre de 39-40! A peine si je savais que grand-père y avait été soldat. Elle se déroule tout à coup devant moi, à travers leurs souvenirs: l'adjudant Untel, une vraie «peau de vache» celui-là, mais par contre le petit capitaine Machin qui était si gentil et qui s'est fait tuer aux premiers jours de l'offensive allemande... Les blindés ennemis qui déferlaient de partout, et les stukas qui piquaient dans un bruit d'apocalypse! Et la retraite, la foule des civils sur les routes, les ponts coupés, la débâcle!

Bien sûr, cela a duré des heures, mais je ne m'ennuyais pas. J'écoutais. Et ces deux hommes âgés se transformaient soudain en jeunes hommes, pleins de force et de vie.

— Tu te souviens, Martial?

— Tu te rappelles, Julien?

Il a fallu rester déjeuner. Pas question de refuser. Ils ne s'étaient pas vus depuis quarante ans!

— D'accord, mais sur le pouce, a dit grand-père. Je suis en route, moi!

— D'accord! A la bonne franquette!

Quelle bonne franquette! A base de charcutailles, de pièces de gibier, le tout arrosé de bonnes bouteilles. A quatre heures, grand-père s'est levé.

— Faut qu'on s'en aille, Thomas, a-t-il dit.

La jeune femme est intervenue.

— Peut-être serait-il bon que vous fassiez une petite sieste auparavant, monsieur Granger. Justement, il y a un lit qui vous attend dans la chambre d'ami.

Grand-père m'a regardé, a cligné de l'œil.

— Faut pas que je joue avec la sécurité du garçon, a-t-il dit. Je me repose un quart d'heure; ensuite on fait le plein de Pétula et on continue...

Il s'est réveillé trois heures plus tard, et déjà la

table du dîner était mise. Moi j'ai été me promener, j'ai visité la cathédrale de Chartres tout seul, en long et en large. C'est beau ! J'ai surtout aimé les vitraux et cette lumière venue d'un autre monde qui vous enveloppe tout d'un coup. Ensuite j'ai téléphoné à maman. Je le lui avais promis.

— Thomas ! Où es-tu ?

— A Chartres, maman.

— A Chartres ? C'est Pétula qui a fait des siennes ?

— Pas du tout, m'man, mais grand-père a retrouvé un ami de la guerre de 40.

Il a fallu que je lui explique. Elle m'a écouté sans m'interrompre.

— Thomas, a-t-elle dit quand j'ai eu fini, est-ce que tu es content ?

— Oui, maman... Tu sais, grand-père a fait des tas de choses pendant la guerre. Il a empêché monsieur Sennac d'être fait prisonnier, et puis il a...

— Tom, tu me raconteras cela plus tard, ne te ruine pas en téléphone. Tu me rappelles demain.

— D'accord, maman. Bonne nuit !

La nuit, nous l'avons passée à Chartres bien sûr, après un dîner presque aussi copieux que le déjeuner. Moi, je n'avais plus faim. J'ai encore écouté les vieux messieurs dérouler leurs souvenirs. J'avais envie de dormir.

— Viens, Thomas, m'a dit la jeune femme. Il est temps de te coucher. Et vous aussi les glorieux combattants !

Avant de m'endormir, j'ai ouvert la fenêtre et j'ai regardé les flèches de la cathédrale qui se dessinaient dans la nuit.

*
* *

Nous sommes repartis le lendemain, vers neuf heures. Grand-père était d'une humeur charmante, frais comme un gardon. Moi, pour la première fois de ma vie, j'avais envie de lui poser des tas de questions.

— Qu'est-ce que c'est qu'un stuka ?

— Un stuka, Thomas, c'est un avion inventé par les Allemands. Il nous mitraillait en piqué et ce n'est pas très agréable ; mais surtout il était doté d'une espèce de sirène qui émettait un bruit sinistre, à vous glacer le sang dans les veines !

— Tu as eu peur ?

— Oh ! là là, oui !

Il conduit bien, grand-père. Prudemment, sans à-coup. On sent qu'entre Pétula et lui, c'est une vieille histoire d'amour.

— Et après, quand les Allemands sont arrivés...

Il hausse les épaules.

— On a essayé de se défendre, petit. Et puis,

dame ! Comme tout le monde se carapatait, on s'est sauvés aussi.

— Tu n'as pas été fait prisonnier ?

— Non, j'ai eu de la chance ! Une famille flamande nous a cachés, mon copain Martial et moi, le temps qu'il a fallu. Même que la fille aînée de la famille c'était ta grand-mère Mina Van der Broocke.

— C'est comme ça que tu l'as connue ?

— Eh oui, Thomas. C'est comme ça !

Pendant un bon moment, nous ne disons plus rien. Grand-père conduit, écoutant ronronner le moteur de Pétula. Moi, je pense ; je me dis que la vie est bizarre, puisque pour que je puisse être là, assis sur le siège de cuir de la traction, il a fallu une guerre, une défaite, la rencontre entre une paysanne flamande et un petit boulanger originaire de Bretagne !

— La vie est drôle, murmure enfin grand-père, comme s'il lisait dans mes pensées. Enfin, elle l'est quelquefois, heureusement !

Nous avons traversé sans encombre le Perche qui doucement s'ouvre au printemps. Vers midi, nous sommes quelque part entre Laval et Le Mans, dans un pays de prairies et de bocage, et toujours sur les petites routes.

— J'ai faim ! dit grand-père. Pas toi ?

Deux kilomètres plus loin, nous nous arrêtons sur la grand-place d'un vieux village ramassé autour de son église. Grand-père lisse ses moustaches, serre une écharpe (son «cache-col», dit-il) autour de son cou maigre.

— A midi, pas de restaurant, déclare-t-il en souriant. Mon copain Martial nous a fait faire bombance hier, ta tante Marcelle ne me pardonnerait pas d'oublier mon régime. Tiens, on va voir s'ils font du bon pain dans ce pays. Viens, Thomas !

Nous sommes descendus de Pétula sous les regards admiratifs de quatre gamins et d'autant de chiens. Pas besoin de demander l'adresse de la boulangerie, elle était là, sous notre nez. Grand-père a poussé la porte vernie, déclenchant un concert de sonnailles. La boulangère était appétissante comme une brioche chaude.

Grand-père a demandé un pain. Il l'a reniflé longuement, l'a caressé de ses vieilles mains, et son visage s'est éclairé.

— C'est du vrai pain, a-t-il dit doucement. Son odeur ne trompe pas !

— C'est mon père qui est au fournil, a dit fièrement la boulangère. Il est de la vieille école !

— Comme moi ! Je suis de la partie moi aussi, madame. Soixante ans de boulange !

Et voilà, deux minutes après nous franchissions la porte du fournil. Entre les deux vieux artisans commençait une discussion chaleureuse, mais technique sur les différents savoir-faire en matière de cuisson du pain, sur les spécialités locales, sur les avantages évidents du pétrin à main et du four à bois. Encore cinq minutes, et les deux vieux se tutoyaient, assis devant le four, un verre de vin à la main.

— Et maintenant, voilà-t-y pas qu'ils veulent faire des usines à pain, tu te rends compte! Du pain industriel, à la chaîne, comment veux-tu que ça puisse ressembler à quelque chose!

— Oui! Heureusement que j'ai pris ma retraite à temps!

— Je ferais bien de faire comme toi. J'irais taquiner le gardon et j'oublierais tout ça...

Ce qui devait arriver est arrivé; nous nous sommes retrouvés à la table du boulanger, devant un civet de lièvre. Je m'amusais bien; je me demandais tout de même si grand-père n'en prenait pas trop à son aise avec son régime, et surtout si nous avions des chances d'arriver un jour.

Enfin, il a été presque raisonnable; il a refusé le «coup de l'étrier» que lui proposait son nouvel ami.

— Non, j'ai de la route à faire, mon camarade.

— En tout cas, si tu repasses par ici, n'oublie pas de venir me dire bonjour!

— Et toi, si tu viens à Belle-Île, demande après Julien Granger à Locmaria. Julien Granger, tu te rappelleras?

— Sûr !

Grand-père semble ravi de son escale. Bien calé au volant, il s'est mis à chantonner, des vieilles chansons que je ne connais pas. Je l'écoute, en faisant semblant de dormir. Je ne savais même pas qu'il savait chanter et je m'aperçois qu'il possède un répertoire étendu. Il passe des romances sentimentales ou « amour » rime évidemment avec « toujours » à des chansons patriotiques où l'on parle d'Alsace et de Lorraine. Il chante des cantiques, des airs d'opérette. Il a une voix claire et juste. Tiens le voilà qui entonne : « A la claire fontaine ». Celle-là, je la connais ; j'attends le refrain et joins ma voix à la sienne.

« Il y a longtemps que je t'aime

Jamais, je ne t'oublierai. »

Il me glisse un regard en coin ; il a l'air ravi !

— Je t'ai réveillé, Thomas ?

— Penses-tu ! Je ne dormais pas ; je t'écoutais. Tu chantes bien !

Il prend un air modeste.

— Oh, un petit filet de voix.

On s'est mis à chercher les chansons que l'on connaissait tous les deux, et le temps a passé si vite qu'on a été surpris de se retrouver à Rennes. Juste le temps de faire le plein de Pétula, de vérifier l'huile et la pression des pneus et nous nous sommes remis en route. Je commençais à me dire que, finalement, nous avions tout de même des chances d'arriver le soir à Quiberon.

Un peu après Ploërmel, Pétula est tombée en panne. Enfin, pas vraiment, mais c'est vrai qu'elle se traînait, et l'oreille exercée du conducteur a décelé un «petit bruit» bizarre. A vitesse réduite on a gagné le prochain pays. Grand-père a froncé le nez en voyant un garage ultra-moderne.

— C'est pas ce qu'il nous faut, a-t-il déclaré.

Il s'est renseigné. Il a fini par dénicher un atelier de modeste apparence où un gros homme en bleu de travail s'affairait autour d'un tracteur. Je trouvais que grand-père aurait mieux fait de choisir l'autre, je ne connaissais pas encore bien son instinct de vieux citroëniste. Quand le gros homme a vu la traction, son œil s'est allumé.

— Une quinze, a-t-il dit avec admiration. Ça, c'était de la bagnole!

— Ça l'est toujours, a rectifié grand-père. Celle-ci marche comme une reine. Mais depuis quelques kilomètres, le moteur a comme un petit bruit!

— On va voir ça! a dit l'homme.

Je les ai laissés avec leur joujou. L'atelier était en dehors du village. Tout autour c'était la campagne, une campagne qui ne ressemblait pas tout à fait à celles que j'avais connues jusqu'alors. Ici c'était tout jaune: des ajoncs par milliers montaient à l'assaut des pins maritimes et semblaient sortir des blocs de granite. Des nuages légers couraient dans le ciel, et il m'a bien semblé que déjà je respirais l'odeur de la mer.

La panne de Pétula était bénigne. Elle a été vite réparée. Mais évidemment grand-père avait fait « ami-ami » avec le gros homme. C'était un fervent admirateur des vieilles voitures. Il a fallu qu'il nous montre une antique Bugatti, dissimulée au fond de son garage.

— Il me manque des pièces, hélas!

Grand-père a donné des adresses. Le temps de goûter au cidre du monsieur, la nuit tombait, et Quiberon était encore loin. Le garagiste nous a indiqué un petit hôtel tenu par un de ses copains. C'était bien: une vieille maison blottie près d'un ruisseau. On a mangé légèrement. Grand-père devait être un peu fatigué car il est parti se coucher aussitôt. J'ai téléphoné à maman.

— Alors Thomas, vous êtes arrivés à Belle-Île?

— Non, maman, mais nous en approchons.

J'ai donné des détails. Maman m'a écouté; je l'ai entendue rire.

— Décidément, a-t-elle dit, ton grand-père est encore plus étonnant que je ne me l'imaginais. Amuse-toi bien, Tom. A bientôt!

3

Quiberon, on a fini tout de même par y arriver, le lendemain vers midi. Grand-père a rangé Pétula sur le port; ensemble nous avons gagné la jetée: tout au loin une ligne sombre barrait l'horizon.

— Tu vois, Thomas, a-t-il murmuré, c'est Belle-Île. Mon île!

Tout à coup il avait une drôle de petite voix.

— C'est vrai que tu n'y es jamais retourné depuis ton mariage?

Il a haussé les épaules.

— Bien sûr que c'est vrai. Il y avait le travail, les enfants à élever, les dettes à rembourser, la vie quoi!

— Quand même, de temps en temps vous preniez bien des vacances, grand-mère et toi?

— Pas au début. Mais après, oui, on fermait au mois d'août. Seulement, tu comprends, ta grand-mère avait encore une ribambelle de frères, de sœurs, de neveux, de nièces dans son pays, près de Berck. Moi, je n'avais plus personne ici!

Et du menton il désigne la ligne sombre, étirée sur l'horizon.

— Tu n'en avais pas envie ?

— Bien sûr que si, mon petit gars. Mais ta grand-mère avait peur de l'eau, peur d'être malade en bateau, peur d'être coincée là-bas par une tempête. Est-ce que je sais, moi !

— Quand même, tu dois être content de pouvoir enfin y aller !

Il secoue la tête longuement, fait la moue.

— Je crois, oui. Il y a longtemps que j'attends ce moment. Et en même temps, Thomas, j'ai peur. Peur de ne plus reconnaître les lieux, peur d'être un étranger chez moi !

Il a l'air désemparé tout à coup et sans même que je m'en rende compte ma main se glisse dans la sienne. Alors il se redresse, éclate de rire.

— Oh ça ira, va ! Ce n'est pas si terrible. Si Belle-Île ne veut pas de moi, eh bien nous repartirons !

Nous sommes allés nous renseigner à la gare maritime : le prochain passage pour Belle-Île n'aurait pas lieu avant une heure et demie. On a pris deux billets pour nous, un pour Pétula et on a été se promener du côté de la côte sauvage. Il faisait beau, le vent était faible : malgré cela j'ai été impressionné par la dureté des lames, par la rigueur farouche des falaises.

— Quand la tempête se lève, a dit grand-père, il

ne fait pas bon traîner par ici. Mais tu verras, Thomas, à Belle-Île c'est encore plus grandiose.

On est revenus vers le port. Il désignait du menton des bâtiments fermés.

— Dans le temps, a-t-il dit, tout ça c'étaient des usines à sardines. A la saison, ça grouillait de vie et les ouvrières étaient de fières luronnes qu'il ne fallait pas provoquer. Les Conserveries ont fermé les unes après les autres. C'est comme ça!

Un mugissement de sirène a déchiré l'air.

— C'est le bateau qui nous appelle, a dit grand-père, mais nous avons le temps. Il prévient seulement qu'il ne faut pas nous endormir.

Le bateau de Belle-Île est à quai, plus grand, plus imposant que je ne l'imaginais. Nous en approchons lentement et découvrons son nom l'*Acadie*.

— Tu sais ce que c'est, Thomas, l'Acadie ?

Je suis bien obligé d'avouer mon ignorance.

— C'est pourtant le pays de tes ancêtres !

— C'est en Bretagne ?

— Non, mon garçon. C'est là-bas de l'autre côté de la mer, au Canada, à l'embouchure du Saint-Laurent.

Décidément je vais de surprise en surprise. Grand-père sourit.

— Je te raconterai tout ça sur le bateau. Maintenant il faut que j'embarque Pétula. La pauvre vieille, on ne va pas la laisser ici toute seule.

Bientôt la traction disparaît dans le ventre du navire. Grand-père me rejoint :

— On embarque, dit-il.

En cette saison, il y a de la place. Je me serais bien installé à l'extérieur, tout à l'avant, pour voir les vagues frapper l'étrave ; je me rappelle à temps que mon grand-père n'a plus vingt ans et qu'il risque d'attraper froid. Finalement nous nous installons à l'intérieur, devant un hublot qui nous permettra de voir la mer.

Un dernier coup de sirène. Quelque part les machines se mettent à tourner ; un vieux loup de mer largue l'amarre qui nous retenait encore à quai.

— Nous voilà partis, dit grand-père, tandis que l'*Acadie* pointe son nez vers le milieu de la passe.

Je me sens bizarre, tout à coup. J'ai déjà été en bateau, j'ai fait du dériveur, je suis allé aux îles de Lérins. Cette fois j'ai vraiment l'impression d'appareiller.

— La traversée va durer longtemps ?

— Avec ce temps de demoiselle, et les moteurs puissants du bateau, ça m'étonnerait... Trois quarts d'heure, tout au plus !

Peu de gens autour de nous : un couple d'amoureux plus préoccupé de se regarder dans les yeux que d'admirer la mer, une famille d'Allemands bardée d'appareils photo, un groupe de jeunes qui, la jetée franchie, s'est mis à jouer aux cartes.

— Dis, grand-père, tu me dis l'Acadie ?

Il hausse les épaules ;

— Je n'en sais pas très long. Juste ce que mon père m'en a dit quand j'avais ton âge.

— Qu'est ce qu'il faisait ton père ?

Imaginer Julien Granger en jeune garçon, avec un père bien sûr, et aussi un grand-père !

— Il était marin. Il s'appelait Jean-Pierre. J'avais douze ans quand il a disparu en mer. C'est même pour ça que j'ai été obligé de partir gagner ma vie ailleurs !

Ses yeux sont tout à fait de la couleur de la mer.

— Pour en revenir aux Acadiens, eh bien, c'étaient des Français de France, des Poitevins, des Tourangeaux qui s'étaient installés là-bas au Canada, en Nouvelle-France comme on disait alors. C'étaient des paysans ; ils se sont mis à cultiver la terre. Probable qu'ils travaillaient durement ! Mais enfin ils avaient pris racine quand les Anglais sont arrivés. Ils nous ont déportés, en Louisiane ou ailleurs. C'est ce qu'on a appelé le «Grand Dérangement» !

— Et comment les Acadiens sont-ils venus à Belle-Île ?

— Le roi de France et le roi d'Angleterre ont fini par signer un traité de paix, le traité de Paris. Le

Canada devenait définitivement anglais, mais le roi de France — ça devait être Louis XV — a obtenu de faire libérer certains Acadiens qui étaient emprisonnés à Londres. Il fallait nous mettre quelque part, on nous a proposé Belle-Île. C'est comme ça que nous nous sommes installés ici, et que nous y sommes restés. Nous, les Le Blanc, les Gautereau, les Richard, les Daigre, et les Granger bien sûr! Voilà, Thomas : c'est tout ce que mon père savait ; c'est aussi tout ce que je sais!

Pendant que nous parlions, Belle-Île s'est considérablement rapprochée. La ligne violette de tout à l'heure s'est précisée, a pris du relief. Par le hublot je découvre une haute falaise piquetée çà et là de maisons blanches.

— Nous y serons bientôt, murmure grand-père.

Il resserre son foulard autour de son cou, relève le col de son pardessus, se lève.

— Je vais la regarder venir!

Et je comprends qu'il faut le laisser seul.

— A tout à l'heure, grand-père!

Déjà il s'éloigne, silhouette fragile, un peu voûtée. A cet instant il «fait son âge». Alors qu'hier, chez le garagiste, je le trouvais presque plus gamin que moi!

La côte de l'île grandit de minute en minute. L'*Acadie* longe une succession de falaises, de grèves encaissées, de pointes rocheuses. C'est assez impressionnant tout ça, et je me sens presque angoissé devant cette terre nouvelle qui s'offre à moi. Je ne suis pas idiot, je sais très bien que je ne vais pas débarquer en Alaska ni en Nouvelle-Guinée. Tout de même, j'ai hâte d'en savoir plus long!

— Thomas!

Je sursaute: grand-père est derrière moi. Il s'est approché si doucement que je ne l'ai pas entendu venir.

— Viens! Nous arrivons. Je vais te montrer!

Dehors il ne fait pas chaud, mais la mer est toujours aussi calme.

— Regarde, Thomas, ces fortifications! C'est la citadelle de Belle-Île. On dit qu'elle a été construite sur les plans de Vauban. Quand j'étais petit, c'était une maison de correction. On y enfermait des pauvres gamins qui n'avaient pas eu de chance!

Une jetée apparaît... Une autre... Un passage étroit entre les deux.

— Ferme les yeux, et ne les ouvre pas avant que je te le dise!

Il me laisse ainsi un temps assez long, une minute, peut-être deux.

— Maintenant regarde!

C'est inouï. Quand j'ai fermé les paupières nous étions encore en mer, et maintenant l'*Acadie,* ayant franchi la passe, se trouve dans un port tranquille, entouré de maisons. Sur les quais les gens vont et viennent.

— Nous sommes au Palais, dit grand-père. C'est la capitale de l'île.

L'*Acadie* bat machine arrière, brise son erre et vient doucement se ranger le long du quai.

— Faut qu'on s'occupe de Pétula. Il y a d'autres voitures derrière elle, dans la cale!

Cinq minutes plus tard, Pétula fait un débarquement très remarqué sur le quai Macé. La foule nombreuse s'écarte pour nous laisser passer, nous gratifiant des remarques habituelles: «Oh, t'as vu, c'est une traction!» «Une onze!» «Non, une quinze!» «Ça c'était de la bagnole!»

Hier encore, en entendant ces réflexions, grand-père aurait redressé la tête, pris un air modestement triomphant. Sans doute aurait-il entamé la conversation, donné des précisions sur Pétula. Aujourd'hui, rien de tout cela: la tête baissée sur le volant, il démarre et va ranger Pétula un peu plus loin sur le parking qui fait face à la mer. Il arrête le moteur et reste ainsi sans bouger.

— Qu'est-ce qu'on fait?

Il me regarde. On dirait qu'il me découvre!

— Qu'est-ce qu'on fait!

— Eh bien, oui! Nous n'allons pas rester assis dans Pétula à regarder voler les goélands?

Il doit être quatre heures de l'après-midi. Nous n'avons mangé qu'un sandwich avant de prendre le bateau et ma foi, je commence à avoir faim.

— J'ai faim, grand-père !

— Bien sûr... bien sûr, Thomas, nous allons manger !

Devant le quai les hôtels-cafés-restaurants se pressent au coude à coude, proposant de confortables terrasses.

— Mange ce que tu veux, moi je n'ai pas faim !

Décidément on me l'a changé !

— Tu n'es pas malade ? Tu n'as pas eu froid sur le bateau ?

— Non... pas du tout.

— Grand-père. Qu'as-tu ?

Il lève vers le ciel ses mains étonnamment longues et fines, et, tout autour de ses ongles, incrustées dans la chair, il y a des marques de farine indélébiles.

— Ce que j'ai... Tout à coup, Thomas, je me dis que c'est ta tante Marcelle qui a raison, et que mon vrai pays n'est pas ici, mais à Paris, ou plutôt dans la banlieue est. Belle-Île, c'est mon enfance et celle-ci est tellement, tellement loin !

— Mais tu le savais, avant de te mettre en route !

— Non. Je viens seulement de m'en rendre compte !

Et du bout de son menton il me désigne le port du Palais.

— La dernière fois que j'ai vu ce port, il grouillait encore de sardiniers à la voile, de caseyeurs, de thoniers. Partout il y avait des femmes en coiffe qui allaient et venaient. Sur le quai pas une automobile, pas même une ancêtre de Pétula ! Non, rien que des voitures à cheval. Regarde ce que c'est devenu : deux ou trois pinasses à moteur, des yachts de plaisance, des filles en short, des bagnoles dans tous les coins. Je ne dis pas que ce soit mal, pas du tout, seulement ce n'est plus mon île.

Il garde le silence un instant. Moi je n'ose intervenir.

— Et pourtant, soupire-t-il, pourtant c'est la même odeur !

Malgré ma faim, je n'ai même pas entamé l'énorme brioche jaune de beurre que j'ai commandée. Grand-père s'efforce de sourire.

— Allons, Thomas, ne fais pas cette tête-là ! Nous n'allons pas sombrer dans la mélancolie. Mange ta brioche, et demandes-en une deuxième si celle-ci ne te suffit pas !

Pendant que je mange, les yeux vifs de grand-père ne cessent d'aller et venir, de se poser ici et là, comme s'il voulait tout enregistrer, et comparer à ses souvenirs.

— De toute façon, finit-il par dire, Palais c'est Belle-Île, bien sûr, mais ce n'est pas chez moi. Dans mon enfance j'ai dû y venir cinq ou six fois, guère plus. Chez moi c'est là-bas, à Locmaria.

— C'est loin ?

— Une dizaine de kilomètres !

— C'est grand Belle-Île.

— Eh oui, Thomas ! Dix-sept kilomètres de la pointe des Poulains à la pointe d'Arzic, huit à neuf kilomètres de large. Quatre communes : celle du Palais, où nous sommes, Locmaria mon pays. Il y a encore Bangor sur la côte sauvage et Sauzon vers la pointe des Poulains. Oui c'est grand, Belle-Île !

— Est-ce que nous allons à Locmaria, ce soir ?

Il remue doucement la tête.

— Non, j'ai besoin de me préparer à cette rencontre. Ce soir, nous resterons ici. Je t'offrirai un vrai bon dîner dans un vrai restaurant. Si ta tante Marcelle voyait la façon dont je te nourris, elle m'arracherait les yeux.

— Mais pas maman !

— Ta mère comprend ces choses-là. Donc, après avoir dîné, nous dormirons ici. Et demain j'irai affronter ma vérité. Rassure-toi, mon garçon, tout se passera très bien.

C'est vrai, il a repris du poil de la bête. Ses yeux bleu clair ont retrouvé leur gaieté !

— En attendant, dit-il, je vais te faire visiter ma capitale. Allez, en route! tu finiras ta brioche en marchant.

Dix minutes plus tard, grand-père est plongé dans une grande discussion avec un plaisancier qui tente de réparer son moteur hors-bord. Conseils, avis compétents, le geste bientôt joint à la parole. Le moteur démarre enfin, et le plaisancier ravi nous fait cadeau d'une dizaine de tourteaux (de «dormeurs» comme dit grand-père) dont nous ne savons que faire. C'est certain, Julien Granger va mieux...

Le soir, je n'ai pas réussi à avoir maman au téléphone ; je me suis rappelé que mes parents devaient sortir et dîner chez des amis. Alors j'ai gagné ma chambre. Accoudé à la fenêtre, je suis resté longtemps à regarder la mer, par-dessus la jetée... Les feux d'entrée, un vert, un rouge, clignotaient paisiblement et les mâts des voiliers fouettés par les drisses tintaient dans la nuit.

J'ai fini par aller dormir. Sans que je m'en rende compte ces trois jours de voyage m'avaient fatigué.

4

Locmaria, ce n'est pas bien grand : un petit pays perdu à la pointe méridionale de Belle-Île ; mais que c'est joli ! Je l'ai découvert le lendemain matin, après que Pétula nous y a eu conduits par la route de l'intérieur. Grand-père a roulé tout doucement, comme s'il voulait retarder le moment de ses retrouvailles. Enfin un petit clocher à poivrière surmontant une église d'une blancheur éclatante est apparu au détour du chemin.

— Nous arrivons, a dit grand-père.

L'air est d'une pureté absolue ; on entend la mer, quelque part, pas loin mais on ne la voit pas. Un palmier pousse à côté d'un calvaire. Dans un frêne un coucou se met à chanter.

— Le coucou, dit grand-père, il y a bien longtemps que je ne l'avais entendu celui-là. Il annonce le printemps. Est-ce que tu as de l'argent dans ta poche, Thomas ?

Je fouille, et retire deux ou trois pièces que je lui tends.

— Non, non ! Je n'en veux pas. Simplement, quand j'étais enfant, on disait que celui qui avait des sous sur lui en entendant le coucou pour la première fois de l'année était assuré de ne pas manquer d'argent dans les mois à venir.

Le chant de l'oiseau semble le combler de joie. Comme si son pays l'accueillait, enfin !

— Que faisons-nous ? On va voir ta maison ? On va rechercher ta famille ?

Il m'arrête, d'un geste de la main.

— Doucement, Thomas, doucement ! Tout d'abord, nous allons nous mettre en quête d'un endroit où loger durant ces premiers jours. Puis je te montrerai mon pays. Ensuite, ce qui doit arriver arrivera.

Le petit bourg est calme, tranquille. Quelques femmes font leurs courses, des enfants jouent, et leurs cris sont répercutés par l'air limpide. Ce matin, Julien Granger semble bien décidé à ne pas céder à la mélancolie. Il aborde une jeune fille, chargée d'un gros pain.

— Un hôtel ! En cette saison, il n'y a pas grand-chose ! Mais vous pourrez prendre pension chez madame Gallen. Elle fait aussi restaurant.

L'affaire est vite conclue. Madame Gallen est une petite femme toute menue, mais qui a l'air de savoir mener sa barque.

— Une chambre pour vous et une chambre pour

le garçon. Bien sûr, monsieur. Et ici vous ne serez pas dérangés par le tapage nocturne. Quelquefois il y a Zeff le Fur qui chante un peu en rentrant chez lui, quand il a bu un coup de trop, mais c'est rare !

Madame Gallen aime à parler avec ses clients.

— Vous étiez déjà venu ici, monsieur... monsieur ?

— Monsieur Boulanger, dit grand-père, en me faisant un clin d'œil. Oui, je suis déjà venu, mais il y a longtemps.

— En tout cas, vous verrez, l'air est sain, et il y a de belles promenades à faire du côté de Beg-Er-Squeul ou de Kerdonis. Tous les touristes se précipitent aux Poulains ou à l'Apothicairerie mais chez nous, à Locmaria, c'est au moins aussi beau !

— J'en suis sûr, madame !

— Pour vos repas, monsieur Boulanger, vous les prendrez ici ?

— Peut-être pas certains déjeuners, si nous partons en excursion. Mais très souvent, certainement !

Les chambres sont grandes, simples mais d'une rigoureuse propreté, et les draps sentent bon la lavande. Les fenêtres donnent sur un jardin où les mimosas se fanent déjà, mais où les camélias sont en fleur. Un énorme figuier commence à préparer ses feuilles.

— Ça te plaît, Thomas ?

— C'est beau, mais on ne voit pas la mer !

Grand-père me prend la main.

— Elle n'est pas bien loin, tu sais ! Viens, je vais te la montrer.

Nous avons pris une petite route, à droite de l'église et bientôt nous sommes parvenus dans une petite crique où s'abritaient deux ou trois barques aux couleurs délavées. La mer était là, calme, douce, d'un bleu-violet étrange.

— A Belle-Île, a murmuré grand-père, au bout d'un instant, chaque chemin que tu prendras te conduiras ainsi, plus ou moins vite, jusqu'à l'océan. Mais jamais ce ne sera la même chose, car tout change, la forme des rochers, la qualité du sable, la densité du ressac. Et puis elle surtout, la mer, jamais la même, d'une heure à l'autre. Basse mer et marée haute, mer de beau temps comme aujourd'hui, et puis mer de tempête, mer engluée dans la brume, que sais-je encore. En tout cas elle est restée intacte, pareille à ce qu'elle était dans mon enfance ! Rien que pour elle, j'ai bien fait de revenir ici !

C'est en rentrant déjeuner, après notre promenade, que j'ai fait la connaissance de Gaëlle. Avant de passer à table j'étais monté dans ma chambre. Au moment de redescendre je n'ai pas trouvé le commutateur et j'ai donc foncé dans la demi-obscurité. Je descendais l'escalier en tâtonnant un peu quand j'ai vu monter vers moi une sorte de bolide. J'ai eu beau essayer de le laisser passer, nous nous sommes abordés un peu rudement!

— Ben, tu pourrais pas faire attention!

J'ai protesté, fort de mon bon droit.

— Ben dis donc, c'est toi qui fonçais comme une brute!

— Tu pouvais pas allumer?

— D'abord j'ai pas trouvé le bouton. Et puis, toi aussi tu pouvais le faire!

— D'abord, la minuterie du rez-de-chaussée ne marche plus. Et puis moi j'ai l'habitude!

Dans la pénombre, ses traits se précisent peu à peu; elle doit avoir mon âge, à quelque chose près, elle a des cheveux très bruns, presque noirs, noués en queue de cheval par un lacet de chaussure. Elle est vêtue comme un petit mousse, vareuse et pantalon de toile brique, tellement délavés qu'ils sont devenus vieux rose, tellement rapiécés qu'on ne voit plus très bien quel peut être le tissu d'origine.

— Bon, ça va comme ça, dit-elle. On ne va pas se manger le nez! C'est pas de ta faute, c'est pas de la mienne non plus. D'accord?

— D'accord!

— Moi je m'appelle Gaëlle. Madame Gallen c'est ma tante. Mes parents habitent Quiberon, mais dès qu'il y a des vacances je viens ici, parce que Belle-

Île, c'est mon île. Et toi?

J'hésite... Grand-père seul, me semble-t-il, a le droit de dire qui il est, et pourquoi il se trouve à Locmaria.

— Je m'appelle Thomas. Je suis parisien. Je suis venu accompagner mon grand-père qui voulait prendre du repos ici.

— C'est le vieux monsieur avec des moustaches de phoque?

— Oui.

— Il a une bonne tête, celui-là!

Elle me dévisage longuement, de bas en haut, de haut en bas. L'examen doit être favorable car elle finit par dire:

— Si tu veux, on sera copains. Je t'emmènerai à la pêche, je te montrerai les coins. Tu veux?

— Oui, je veux bien.

Elle me tend une main hâlée que je serre, en signe d'accord.

— Bon, dit-elle, et maintenant dépêche-toi de passer à table. Sinon tu vas te faire gronder par ma tante Rosa!

Madame Gallen nous a fait un repas de fruits de mer, histoire, dit-elle, de nous montrer le goût des bonnes choses. Ô merveille! Des langoustines énormes, presque des petites langoustes, et dont la chair ferme vient d'un coup dès qu'on leur ôte la tête, des araignées de mer pleines comme des œufs. Ensuite des soles grillées accompagnées de simples pommes de terre bouillies. Mais quelles pommes de terre ! Onctueuses, parfumées, rien à voir avec les « patates » des marchés parisiens. Dès qu'il a commencé à en manger une, grand-père s'est arrêté. Madame Gallen s'occupait d'autres clients, à une table assez éloignée.

— Tu vois, Thomas, a-t-il murmuré, ça ce sont de vraies belle-îloises ! Des pommes de terre comme celles-là, on n'en trouvait nulle part ailleurs que chez nous. Elles étaient si renommées que les gens du continent prenaient le bateau, rien que pour venir en chercher. Je croyais qu'elles avaient disparu ! Je me trompais. Et tout à coup, c'est comme si j'avais soixante ans de moins, que je me retrouvais chez moi, assis sur le banc du lit clos, mangeant ces mêmes pommes de terre, trempées dans du babeurre... Un repas de pauvres gens, certes, mais un festin royal !

L'après-midi, il m'a montré la maison de son enfance, enfin ce qu'il en restait. Rachetée par des « gens du continent », elle avait été mise au goût du jour. De lourds chiens assis surchargeaient l'humble façade et l'écrasaient, on avait agrandi les fenêtres, enlevé le « dragueil », cet escalier extérieur en granit, typique des constructions de l'île.

— Je savais bien que je ne la retrouverais pas intacte, a soupiré grand-père, mais tout de même!

Lentement, nous avons fait le tour de la maison. Grand-père m'avait oublié, il était parti très loin au pays de son enfance. De temps en temps il s'arrêtait, lissait ses moustaches en remuant la tête, attentif à des détails qui m'échappaient, à des fantômes peut-être. Je le suivais en silence. Il a fini par s'arrêter devant un vieil arbre noueux et doucement il en a caressé le tronc.

— Celui-là, il était déjà là quand j'étais petit, Thomas! Un peu moins grand, un peu moins vieux peut-être. C'est un poirier, et il a sûrement plus de cent ans. A la fin octobre, on ramassait les poires que le vent n'avait pas encore arrachées. Elles étaient dures, dame oui, mais nous les gosses, nous avions de bonnes dents, nous parvenions à les «crogner» comme nous disions. Et puis maman les faisait cuire avec de l'eau et du sucre. C'était bon!

Ses doigts s'attardent un peu sur l'arbre, comme pour lui dire «Bonjour» ou «Au revoir», je ne sais pas, puis se posent sur mon épaule.

— C'est ici que j'ai habité, Thomas, murmure grand-père, mais ce n'est plus ma maison. J'avais un peu rêvé de la racheter. Je ne sais pas si les propriétaires auraient accepté, mais je pensais devoir essayer. Et puis, non! Si je me décide à acheter quelque chose dans l'île, ce ne sera pas celle-ci, de toute façon, elle n'est plus à moi!

Nous sortons du petit courtil, retrouvons la rue déserte.

— Je vais finir mon pèlerinage, dit grand-père, je vais au cimetière, mais j'y vais seul. Si tu veux, je t'y emmènerai un autre jour. Va, promène-toi, ouvre tout grands tes yeux et tes oreilles; nous nous retrouverons tout à l'heure.

Je l'ai regardé s'éloigner à petits pas. J'essayais de deviner ce qu'il pouvait penser et ressentir. «Peut-être que moi aussi, dans cinquante ou soixante ans, je reviendrai ici, à Locmaria, peut-être que je me souviendrai d'aujourd'hui.» Et j'ai reniflé l'air à pleins poumons, j'ai regardé un couple de cormorans qui passait au-dessus du village, venant du large.

J'ai regagné l'hôtel: Gaëlle était sur le pas de la porte.

— Vous connaissez les Peltier? m'a-t-elle demandé, d'un ton inquisiteur.

— Les Peltier?

— Ben oui, vous venez de visiter leur maison.

Au fur et à mesure que j'allais découvrir Locmaria, j'allais apprendre que peu de choses pouvaient échapper à l'attention des gens du village!

— On se promenait, mon grand-père et moi.

— Et maintenant, le voilà parti au cimetière. Il y connaît quelqu'un ?

Elle commençait à m'agacer !

— Ecoute, il a bien le droit d'y aller, même s'il n'y connaît personne !

Elle n'a pas semblé convaincue.

— Ouais... N'empêche que j'ai l'impression que tu me caches quelque chose !

— Que vas-tu imaginer !

— J'sais pas, mais je suis sûre de ne pas me tromper. Ton grand-père et toi, vous n'êtes pas des touristes comme les autres.

Je lui aurais volontiers dit la vérité. Après tout nous n'avions rien à cacher. Mais puisque grand-père tenait à garder l'incognito, je n'avais pas le droit de le trahir.

— Ecoute ! Nous ne sommes ni des bandits, ni des contrebandiers. Nous ne sommes pas non plus à la recherche d'un trésor. Mon grand-père n'est pas un trafiquant de drogue, et je ne suis pas le fils d'un milliardaire qu'on aurait enlevé. Tu me crois ?

Elle a daigné sourire.

— D'accord. Et pourtant je suis sûre que tu ne me dis pas toute la vérité.

— Tu es têtue.

— Encore plus que tu crois... En attendant, viens, tu vas m'aider à préparer mes lignes.

L'aider, façon de parler, bien sûr. Elle faisait preuve d'une telle dextérité, et je me sentais si maladroit! Je l'ai donc regardée choisir ses hameçons, les monter sur des «bas de ligne», faire des nœuds minuscules et cependant solides.

— Avec un peu de chance, a dit Gaëlle, le bar sera au rendez-vous du printemps. Tu viendras avec moi?

— J'aimerais bien. Mais il faudra que tu me montres...

— L'essentiel, c'est que tu aies le pied marin, parce que quelquefois les rochers d'où je pêche sont à l'aplomb des falaises. Et puis il faudra que tu restes là où je te dirai.

Elle avait l'air grave tout à coup.

— Parce que tu sais, ici, les lames de fond ne sont pas rares. La mer est presque calme, elle fait le gros dos. Alors toi tu t'enhardis, tu descends, tu t'avances et hop! sans crier gare une vague venue d'on ne sait où surgit, t'enveloppe et t'emmène. Chaque année, il y a ainsi plusieurs victimes.

Mon enthousiasme pour la pêche au bar commence à faiblir. Gaëlle me rassure.

— Avec moi, tu ne risques rien. Je connais tous les cailloux de la côte, et je sais où aller.

— Je te fais confiance!

Ensuite Gaëlle devait aider sa tante. J'ai gagné ma

chambre, propre et calme, et j'ai écrit à mes parents. J'avais tellement de choses à leur dire : le voyage, la découverte de l'île, les réactions de grand-père, que je ne savais pas comment commencer. J'ai fini par y arriver. Grand-père a frappé au moment même où je finissais.

— C'est l'heure du dîner, Thomas. La soupe de poissons de madame Gallen n'attend pas.

Délicieuse en effet. Et puis toujours ces pommes de terre, à la fois fermes et onctueuses, tellement savoureuses. Grand-père en a fait compliment à la tante de Gaëlle.

— Elles deviennent de plus en plus rares, a-t-elle dit. Les paysans n'en plantent plus, faute de rapport, puis les patates de chez nous s'accommodent mal des engrais chimiques. Seuls quelques vieux s'obstinent encore à en planter. Celles que vous mangez viennent de chez ma vieille amie, Valentine.

Subitement j'ai vu grand-père s'immobiliser, la fourchette en l'air, devenu tout à coup suprêmement attentif.

— Valentine, a-t-il murmuré, ce n'est pas un nom ordinaire.

— Et la vieille dame qui le porte ne l'est pas non plus, a dit madame Gallen. C'est une vieille fille qui vit toute seule à Kerdary. Et je vous assure que Valentine Clément n'est pas n'importe qui !

— Valentine Clément, a-t-il murmuré à nouveau.

Madame Gallen s'est éloignée pour s'occuper d'une autre table.

Mais il était resté sous le coup d'une émotion que je ne comprenais pas. Il n'a pas touché au dessert, et pourtant le gâteau breton était délicieux. J'ai essayé de lui parler : il me répondait par monosyllabes, la tête visiblement ailleurs. Bientôt il s'est levé.

— Je vais me coucher, Thomas. A mon âge il faut ménager sa monture !

— Tu es fatigué ?

— Bof ! normalement.

— Tu n'es pas malade ?

— Pas du tout.

Il m'a embrassé distraitement et m'a quitté. Moi je n'en finissais pas de me demander qui pouvait bien être cette Valentine dont le seul nom avait eu le pouvoir de mettre Julien Granger dans un état pareil !

5

J'ai dormi comme un prince, bercé par le calme de Locmaria au mois d'avril. Tout juste dans le lointain, le bruit du ressac de l'Atlantique contre les roches dures de la côte sauvage. Mais le beau temps se maintient, et cette chanson régulière, tranquille a des allures de berceuse.

Je dors. Je rêve, à des tas de choses idiotes comme toujours dans les rêves. Par exemple je vois ma tante Marcelle qui, au lieu de baguettes, de bâtards, de viennois, de pains de mie, vend des pommes de terre, entourées de papier d'argent comme si tout à coup elles s'étaient transformées en crottes de chocolat. Et puis voici grand-père : c'est lui, et ce n'est pas lui. Il est grimpé dans le vieux poirier de sa maison et il fait des signes, à l'aide d'un grand mouchoir rouge, à quelqu'un qu'on ne voit pas.

— Thomas !

Tiens, voici Gaëlle, maintenant. Elle est dans l'eau, elle nage comme un poisson.

— Thomas, réveille-toi, bon sang !

Je me dresse d'un coup, et je dois avoir l'air tellement éberlué que Gaëlle, la vraie, en chair et en os, éclate de rire !

— On dirait un cormoran qui a couvé un œuf de poule !

— Gaëlle ! Qu'est-ce que tu veux ? Quelle heure est-il ?

— L'heure de te lever !

— Mais il fait nuit !

Elle hausse les épaules, impatiente.

— Et alors ! Il est six heures passées. Le temps de t'habiller, de prendre ton petit déjeuner, le temps de faire la route, nous serons juste bien...

Et comme, encore endormi, j'essaie de mettre de l'ordre dans mes idées, elle me tire par le pyjama.

— Ecoute, tu veux pêcher le bar, oui ou non ?

— Oui, mais...

— Tu fais comme tu veux. Dans dix minutes, je pars, et je ne t'attends pas.

Elle s'en va. Machinalement je me lève, j'enfile mes vêtements, me passe un peu d'eau sur la figure. Il doit faire frais dehors ! J'enfile un pull supplémentaire, tout en jetant un regard mélancolique vers mon lit encore tiède.

Gaëlle m'attend au bas de l'escalier, un doigt sur les lèvres.

— Chut! les clients dorment; je t'ai préparé du café dans la cuisine de tante Rosa.

Je me réveille peu à peu. J'avale le café au lait bouillant, me coupe une tartine à même la miche.

— Dépêche-toi, dit Gaëlle; le poisson n'attend pas! J'ai préparé un casse-croûte pour plus tard. Allez viens!

— Mais grand-père va me chercher. Il s'inquiétera!

Elle me tend un crayon et un bloc-notes:

— Ecris-lui un message. Je vais le mettre sur sa table, il le trouvera quand il descendra!

Avant de partir, elle me jette un vieux caban marine qui sent le sel, et aussi le poisson!

— Tiens, mets ça, tu ne le regretteras pas!

Elle me passe une canne à pêche, un panier, une musette...

— Prends ton matériel, et allons-y!

Effectivement dehors, il ne fait pas chaud, mais quel silence! Quelle pureté. Des coqs se répondent de maison en maison, de village en village et je me dis que c'est la première fois que j'en entends autant. Un chien aboie vaguement à notre passage tandis que nous quittons Locmaria. Bientôt nous sommes dans la lande, une lande d'ajoncs courts, mais fleuris et qui embaument à cette heure matinale; des oiseaux chantent dont je ne connais pas le nom.

Gaëlle marche en tête, frayant son chemin par des pistes invisibles. Derrière nous, du côté du continent, le ciel rosit de minute en minute. Comment dire ? j'ai l'impression d'être revenu au début du monde.

Nous marchons toujours... Un lapereau de garenne détale sous nos pas, des corneilles tournoient au-dessus de nos têtes, dans un ciel gris-rose qui peu à peu devient bleu... Nous marchons depuis une demi-heure peut-être dans cette steppe parfumée où plus rien ne révèle la présence de l'homme, et tout à coup, au détour d'une butte, nous découvrons la mer : immense, encore embrumée de la nuit... Une pinasse minuscule passe là-bas au pied de la falaise ! J'ai envie de m'arrêter, de regarder, de me rassasier de cette splendeur, mais Gaëlle ne semble pas être dans ces dispositions poétiques.

— Alors, tu viens, oui ?

Hier je n'avais vu de la côte de Belle-Île que la petite anse de Port-Maria, abritée du grand large. Cette fois nous sommes sur la «grande côte», la «côte sauvage», façade de l'île tournée vers la mer, celle qui reçoit de plein fouet la grande houle atlantique et les vents de tempête. Certes, il fait beau. Elle n'en reste pas moins impressionnante !

— Tu ne vas pas rester planté là pendant des heures...

— C'est tellement beau!

Elle daigne m'approuver d'un hochement de tête.

— Bien sûr que c'est beau, dit-elle. Mais là où je te mène cela le sera tout autant, et en plus il y aura du poisson. Allez, viens!

Nous nous approchons de la falaise... Au-dessous de nous, la mer joue avec les roches noires sur lesquelles des goélands nichent. Il ne font aucune attention à notre irruption, si près de leur domaine.

— On descend, dit Gaëlle.

Descendre cet à-pic vertigineux! A première vue, cela paraît impossible, mais le chef de notre expédition sait ce qu'il dit. A un endroit précis, la pente est un peu moins raide et une sorte d'escalier naturel permet de gagner une plate-forme herbeuse, à mi-chemin entre le ciel et la mer.

— Nous y sommes, dit Gaëlle. Juste à la limite des lames de fond. Pas question d'aller plus bas!

De toute façon, je me demande comment je le pourrais... A moins d'être un oiseau ou un funambule!

Nous nous sommes mis à pêcher... Gaëlle, parfois, est capable de patience. Elle me montre comment boëtter avec de l'encornet, comment lancer mon plomb le plus loin possible... Au bout de quelques essais malheureux, j'y parviens à peu près.

— Maintenant, tu te débrouilles!

Résultat : au bout de cinq minutes, mon fil est irrémédiablement embrouillé, tandis que Gaëlle a déjà sorti de l'eau un bar argenté d'une taille appréciable.

— Je ne vais pas passer mon temps à débrouiller ta ligne !

— Ne t'occupe pas de moi... Pêche. Moi je te regarde. On est tellement bien ici !

Et je suis sincère ! Passé la petite angoisse de me voir ainsi comme suspendu entre le ciel et l'eau, je me sens maintenant pleinement heureux d'être là, par une belle matinée d'avril, avec une fille déguisée en marin qui pêche des poissons d'argent. Sur leur îlot rocheux, à cinquante mètres à peine de nous, mais inaccessibles, les goélands s'occupent de leurs nids, deux voiliers régatent, vent arrière avant de disparaître derrière une pointe, un cargo passe au grand large, silhouette minuscule. Je n'ai pas envie de parler. Je suis bien.

Pendant ce temps, précise, méthodique, Gaëlle a sorti encore trois bars de belle taille. Puis plus rien. Elle patiente encore un certain temps, et puis elle ramène sa ligne.

— Ils sont partis, dit-elle. C'est la renverse de la marée. Ce n'est plus la peine d'insister !

— On rentre déjà !

— Tu sais quelle heure il est ?

— Ben non !

Elle extirpe de la poche de sa vareuse une vieille montre bracelet, sans bracelet...

— Onze heures. Nous avons juste le temps de rentrer!

Onze heures déjà! Il me semble qu'il y a à peine une heure que nous sommes ici.

— Allez, grimpe derrière moi. Et regarde où tu mets les pieds.

Nous retrouvons la terre ferme, la lande embaumée, les sentiers de contrebandiers à peine visibles...

— Il va falloir que je t'entraîne à lancer correctement, dit Gaëlle. T'es un vrai éléphant, mon pauvre Thomas!

Elle peut bien me traiter d'éléphant, de kangourou ou d'hippopotame si elle veut. Ça m'est bien égal. Je viens de passer une matinée de rêve!

Arrivés à l'hôtel, nous remettons les poissons à madame Gallen.

— Je vais vous les préparer pour midi, dit-elle, à moins que vous en ayez assez...

Assez des bars! Pour ma part j'en redemande!

— Mon grand-père est descendu?

Madame Gallen sourit.

— Oh! là là, oui! De bonne heure même... Il t'attend dans la salle à manger.

J'enlève le vieux caban, je me lave les mains sur lesquelles s'attarde une puissante odeur de poisson.

Grand-père est dans la salle, en effet, et il n'est pas seul. Il discute avec un vieux monsieur aux cheveux très blancs. Il sourit en me voyant.

— Te voilà, mon garçon ! Tiens, je te présente un vieil ami d'enfance, Prosper Lorec... Prosper, voilà Thomas, mon petit-fils !

Ainsi grand-père est sorti de son incognito ! Je vais enfin pouvoir dire toute la vérité à Gaëlle.

Je les écoute. Ils parlent de gens qu'ils ont connus et qui ne sont plus, ils évoquent des événements très anciens...

— Tu te souviens, Prosper, de Fernand L'Hermitte ? Celui qu'on appelait « Nez de Bœuf ». Il avait un cheval tout blanc, une vraie carne... Dès qu'il nous voyait, nous les gosses, il nous cavalait après !

— Dame, bien sûr que je me souviens... Même que sa femme était une cousine de ma pauvre mère !

— Et quand la foudre est tombée sur les vaches de Pierre Illiaquer ?

— Dame oui, trois de tuées d'un seul coup. Une vraie catastrophe !

— Et Marie Guégan qui attachait ses chaussures autour de son cou quand elle allait à Palais. « J'aime mieux user mes pieds que mes semelles », disait-elle quand on la regardait passer !

— C'est vieux tout ça !

Ils parlent, parlent, ils ont oublié ma présence. Je

les écoute, fasciné, découvrant tout un monde où n'existait ni l'eau courante, ni l'électricité, ni la télé... Un monde qui me paraît si lointain, et qui est proche cependant puisqu'ils l'ont vécu et qu'ils sont vivants!

Madame Gallen vient nous sortir de ce monde étrange.

— Cousin Julien, je ne voudrais pas vous presser, mais ma soupe de poisson est fin prête...

— Excusez-moi, Rosa!

«Cousin Julien», «Rosa»... Je dois avoir l'air bien étonné car ils éclatent de rire...

— Eh oui, Thomas, ton grand-père m'a révélé sa véritable identité... Et il se trouve que nous sommes cousins.

— Eloignés, dit grand-père. Mais quand même! Ma grand-mère maternelle et l'arrière-grand-père de Rosa étaient cousins germains. Après tout, ce n'est pas si loin.

Prosper Lorec s'est levé; il rajuste sa casquette sur la masse de ses cheveux blancs.

— Tu ne restes pas manger avec nous, Prosper? Je t'invite!

— Dame non, Julien. Ma «patronne» m'attend. Et si je ne suis pas à l'heure, j'ai droit à la soupe à la grimace!

— Une autre fois, alors! Je vous inviterai tous les deux.

— A la prochaine, Julien!

— Kenavo, Prosper!

Le vieux s'éloigne, chaloupant dans ses socques de cuir. Grand-père le regarde partir. Il semble ravi.

— Tu te rends compte, Thomas, murmure-t-il. Nous étions à l'école ensemble. Nous n'avons pas dû nous revoir depuis le certificat d'études. Ensuite Prosper est parti naviguer à Lorient, à la grande pêche. Moi j'ai dû quitter l'île. Et nous nous sommes reconnus presque tout de suite! Lui, il a de la chance, il a gardé sa maison... Et puis sa femme vit toujours... Enfin, je n'ai pas à me plaindre non plus.

La soupe de poisson de cousine Rosa est évidemment délicieuse: têtes de congres, anguillettes, vieilles, quelques crabes pour «donner du goût»... Nous nous régalons sous l'œil attendri de notre «cousine» retrouvée...

— Vous en voulez d'autre?

— Merci, non! Si ma fille me voyait faire de telles entorses à mon régime elle pousserait des cris d'orfraie!

C'est drôle d'évoquer ici tante Marcelle. A cette heure, elle doit être encore à la boulangerie, servant avec amabilité baguettes et bâtards. Grand-père a dû avoir la même pensée, car il sourit.

— C'est loin, hein, Thomas, Nogent, la boulangerie...

— Plutôt, oui!

Il me dévisage de ses petits yeux malicieux.

— Tu sais, mon garçon, rappelle-toi ce que je t'ai dit... Si tu en as assez, si tu as envie de retrouver le continent, je te ramène au Palais...

— Oh, grand-père!

— Dame, c'est vrai que tu n'étais pas très enthousiaste à l'idée d'accompagner un vieux croûton tel que moi!

C'en est trop; j'éclate.

— D'abord... d'abord, tu n'es pas un vieux croûton. Et puis ensuite, je passe des vacances formidables. Je voudrais qu'elles durent toute ma vie... Alors, tu penses si j'ai envie de rentrer!

Julien Granger est aux anges. Il sourit, puis il devient grave, tout à coup.

— Tu vois, Thomas, murmure-t-il, j'aime bien tous mes petits-enfants. C'est normal... Je t'ai fait sauter sur mes genoux quand tu étais petit, tu me tirais les moustaches, et tu m'appelais «Pépé Farine». Mais, dans le fond, on ne se connaissait pas. Pas vraiment!

— C'est vrai.

— Et maintenant... Oui, maintenant, c'est un peu comme si on était copains, tous les deux.

J'approuve, sans rien dire. D'abord parce que j'ai comme un petit picotement au coin des yeux... Et puis aussi, parce que cousine Rosa apporte triomphalement un plat de grosse faïence, dans lequel il y a nos bars... enfin, ceux de Gaëlle, mais quand même ils sont un peu à moi.

L'après-midi, grand-père s'est fait beau... Chemise blanche, cravate, moustaches lustrées. Il a frappé à la porte de ma chambre, alors que je me reposais un peu en lisant un guide sur Belle-Île, afin d'en savoir un peu plus long sur le pays de mes ancêtres.

Il a toussoté, l'air un peu timide...

— Thomas, a-t-il dit... J'ai une visite à faire. Tu ne vas pas t'ennuyer?

— Oh non, je dois aller avec Gaëlle relever des casiers du côté de Port-Andro...

— Je... Je ne rentrerai pas très tard...

— Prends ton temps, ne t'inquiète pas pour moi!

Il est reparti très vite, comme s'il avait craint que je lui pose d'autres questions, auxquelles il n'avait pas envie de répondre.

Je ne sais pas pourquoi; j'ai tout de suite pensé qu'il devait y avoir du Valentine Clément derrière tous ces mystères!

6

Nous avons passé une excellente après-midi; la veille, Gaëlle avait mouillé des casiers dans les rochers autour de Port-Andro: il s'agissait de voir s'il y avait quelque chose dedans. Port-Andro c'est une anse, bordée d'une jolie petite plage, où selon Gaëlle «ça grouille» en été. Mais actuellement tout y est tranquille. Nous y sommes venus à bicyclette, ma nouvelle cousine Rosa m'a bien volontiers prêté la sienne, un magnifique clou un peu rouillé, mais qui marche encore bien.

Nous avons poussé à l'eau une vieille plate verte ou bleue, on ne sait pas trop, dont le fond est passé au coaltar. Elle appartient à l'un des innombrables «tontons» de Gaëlle, un «tonton Pierre qui habite Samzun»...

Après mon apprentissage, assez malheureux, de pêcheur au lancer, j'ai donc commencé celui de «mousse embarqué»... J'ai été beaucoup plus brillant que le matin; j'ai fait beaucoup de barque en Ile-de-France et ailleurs, je sais manœuvrer correctement un aviron pour ramer (pour «nager» comme dit Gaëlle), et même pour godiller... Mon capitaine qui me surveillait l'œil en coin, prête à intervenir, a dû le reconnaître.

— Finalement, pour un Parisien, tu ne te débrouilles pas si mal !

Nous avons donc tranquillement relevé les trois casiers. Nous y avons trouvé deux douzaines d'étrilles, cinq ou six tourteaux, une grosse vieille et un petit congre, un « foëtte », dit Gaëlle... Ce n'était pas une pêche miraculeuse, mais je me suis bien amusé.

Ensuite, nous avons fait les lézards sur le sable. Il faisait beau encore, et pourtant quelque chose, dans l'air et sur la mer, avait changé.

Gaëlle a froncé un nez très compétent.

— Demain, a-t-elle dit, les vents vont passer au suroît... Et ils vont forcir.

J'avais lu exactement la même chose dans le journal, à la rubrique météo !

— Avec un peu de chance, Thomas, tu auras droit à une tempête... Tu verras, c'est pas mal, non plus !

Par les petits chemins, nous avons regagné Locmaria...

Grand-père est rentré juste pour le dîner. Il rayonnait.

— Tu as passé une bonne après-midi, mon garçon ?

— Très bonne. Nous avons été relever des casiers à Port-Andro... Et toi, qu'as-tu fait ?

J'avais pris un air parfaitement innocent.

— Moi ?

— Oui... Tu t'es bien amusé ?

Il a pétri une boulette de mie de pain.

— Oh, ce n'est peut-être pas le terme qui convient. A mon âge, mon pauvre Thomas, on ne s'amuse plus.

Quel bel hypocrite il fait, quand il veut. Comme si je ne l'avais pas vu jouer avec Pétula ! Mais j'ai gardé mon air de sainte nitouche.

— Bien sûr. Qu'est-ce que tu as fait, alors ?

On aurait dit qu'il voulait gagner du temps. Il m'a d'abord servi un verre d'eau, a étalé sa serviette sur ses genoux, longuement s'est versé à son tour deux doigts de vin.

— Eh bien voilà, j'ai été rendre visite à une amie d'enfance...

Et comme je me suis bien gardé de l'interrompre, il a été obligé de continuer.

— Oui... Tu sais, les pommes de terre...

— Celles qui sont si bonnes ?

— Oui. Rappelle-toi, Rosa nous a dit qu'elle se les procurait chez une certaine Valentine... Valentine Clément.

— Peut-être, oui.

— Ça ne t'a pas frappé forcément, mais moi si. Parce que j'avais connu une petite fille qui s'appelait ainsi, dans le temps... Alors j'ai décidé d'aller la voir. Je ne t'en ai pas parlé, parce que je n'étais pas sûr qu'il s'agissait bien de la même personne...

— Evidemment. Mais c'était bien la même ?

Un large sourire se dessine sous les moustaches de vieux morse.

— Oui. Et ça m'a fait plaisir de la revoir, Thomas. Grand plaisir. Imagine-toi que les parents de Valentine étaient voisins des miens ici, à Locmaria. Ils étaient très amis, et nous avons été élevés quasiment ensemble, elle et moi. Valentine était la plus intelligente de nous tous, et mignonne comme un cœur. On a gardé les vaches ensemble, ça je peux le dire, on a été à la pêche ensemble, on a fait des veillées ensemble, on a souvent mangé dans la même écuelle, quand il y avait quelque chose à mettre dedans, parce qu'on n'était pas bien riches, ni les uns, ni les autres... C'était ma petite sœur, quoi !

Je n'ai plus envie de ruser avec mon grand-père. Au contraire, je l'écoute avec beaucoup d'émotion.

— On était exactement du même âge, elle et moi, à quinze jours près ! Quand j'ai dû quitter l'île, après la disparition de mon père, elle travaillait déjà, à la sardinerie du Palais... La vie était dure, à l'époque ! Elle m'a accompagné jusqu'au vapeur qui allait m'emmener vers le continent, où je n'avais jamais mis les pieds. J'avais le cœur plein d'angoisse, et tellement de chagrin de quitter mon île. Mais quoi, il fallait y aller... Un cousin germain de ma mère était boulanger à Aubervilliers. Il avait besoin d'un mitron ; il me proposait la place, promettant de veiller sur moi, de m'apprendre le métier, de me laisser peut-être sa boulangerie plus tard, car il était sans enfant. C'était une chance ; il fallait que je la saisisse, tu comprends ?

— Oui, je comprends !

— Alors j'ai embrassé Valentine sur les deux joues et j'ai embarqué... Elle est restée sur le quai, jusqu'à ce que nous ayons franchi la jetée. Elle avait sorti un grand mouchoir à carreaux, rouge et blanc, je le revois encore, et elle l'agitait dans le vent, pour me dire adieu. Voilà, nous ne nous sommes jamais revus, jusqu'à aujourd'hui...

— Mais pourtant, tu es revenu une fois ?

Il hausse les épaules.

— Oui, si on veut... C'était en quarante-cinq, juste après la guerre. Ma mère était morte un an auparavant et je n'avais même pas pu venir l'accompagner jusqu'au cimetière. La France était libérée, mais les Allemands tenaient encore certains points de la côte : Quiberon et Belle-Île par exemple, on ne pouvait pas approcher ! Dès que j'ai pu, je suis venu. Je m'étais marié avec ta grand-mère là-bas dans son pays de Flandres. Ton papa était déjà né, et ta tante Marcelle était attendue... J'ai donc fait un saut jusqu'ici, j'ai mis en vente la maison, les quelques bouts de terrain que nous avions, et je me suis sauvé comme un voleur. Je n'ai vu personne ou presque. En tout cas pas Valentine Clément... A quoi bon!

Eh bien, son histoire gaie devient une histoire triste!... Vite, il faut que je relance la conversation.

— Elle t'a reconnu?

— Qui? Valentine?

— Oui. Aujourd'hui, quand tu es arrivé chez elle?

— Elle était en train de donner du grain à ses poules. Elle en a une ribambelle, des blanches à crête bien rouge... «Pi... Pi... Pi, disait-elle, petits, petits, petits!» Il n'y avait pas que des poules, mais aussi des canards, et un couple de dindons. Tout ce monde gloussait, caquetait, cocoricait, si bien qu'elle ne m'a pas entendu venir... J'ai attendu qu'elle ait terminé. Alors elle s'est retournée, et elle m'a vu... Nous sommes restés comme deux benêts, l'un en face de l'autre pendant je ne sais pas, quelques dizaines de secondes peut-être. Je l'avais reconnue tout de suite. C'est vrai. Bien sûr, elle a des cheveux blancs maintenant alors que je l'ai quittée blonde comme les blés, et puis elle s'est un peu tassée forcément. Mais elle a toujours le même visage lisse, sans une ride, et des yeux gris-bleu... Elle a fini par croiser les bras, par hocher la tête et elle a dit : « Julien ! Julien Granger... Tu en as mis du temps ! »... Que voulais-tu que je réponde !

— Je ne sais pas !

— Elle ne m'a pas posé d'autres questions. Elle m'a fait entrer chez elle, elle a sorti des bols, une miche de pain, du beurre salé... Nous avons bu notre café ensemble. Puis nous avons parlé d'autrefois.

Il semble fatigué, tout à coup, comme si cette plongée dans son enfance avait épuisé ses forces. Mais il sourit.

— Demain midi, mon garçon, tu verras Valentine. Elle nous invite à déjeuner chez elle... Elle mérite qu'on la connaisse.

Ce soir-là, j'ai téléphoné à ma mère. Je lui ai raconté Belle-Île en long et en large, mais je ne lui ai pas parlé de Valentine. Il me semble que j'en sais trop et pas assez tout à la fois.

Le vent s'est levé dans la nuit. Un volet qui battait m'a réveillé ; il était deux heures du matin. J'ai pris conscience qu'autour de moi, quelque chose avait changé : la chambre de l'hôtel, tellement calme, semblait tout à coup habitée de bruits étranges, de chuintements, de chuchotements: le tablier de fer de la cheminée était devenu vivant; il se gonflait, il respirait au rythme du vent. Puis une averse soudaine, un «grain», comme disent les marins, s'est abattu rageusement contre les murs de la maison. Le volet continuait de battre; je me suis levé pour le fixer... Et quand j'ai ouvert ma fenêtre, le grand souffle du large est entré dans ma chambre, m'a caressé sans douceur, mais sans méchanceté non plus. Par-dessus les maisons de Locmaria, la clameur des vagues atlantiques venant s'écraser contre les roches a dominé le claquement de la pluie. J'ai refermé ma fenêtre à regret, mais je ne voulais pas que le tapis de cousine Rosa soit gâché par la pluie: le chant de la tempête continuait de me parvenir, juste un peu assourdi. Je l'ai écouté un moment, et puis, je me suis rendormi.

C'est Gaëlle qui m'a réveillé le lendemain, en frappant à ma porte.

— Ho! Thomas... Tu sais quelle heure il est?
— Hmmm!
— Dix heures, mon gars... Si tu crois que tante Rosa va te garder ton petit déjeuner au chaud plus longtemps, tu te trompes!
— Tu devrais me l'apporter au lit!
— Compte là-dessus, et bois de l'eau fraîche!
— C'est bon, j'arrive.

J'ai bu mon café dans la grande cuisine, sous le regard souriant de ma cousine Rosa, qui ne semblait pas m'en vouloir de mon retard. Gaëlle m'attendait; elle piaffait comme une pouliche échappée.

— Tu as vu, la tempête s'est levée. Je te l'avais bien dit!

— Et la météo du journal également!

— Si tu veux, nous allons faire un tour sur la grande côte... Tu vas voir, c'est formidable... Mais dame, accroche-toi bien, parce que sans ça, tu feras un vol plané jusqu'au continent!

Je me suis souvenu à temps de l'invitation de Valentine. Gaëlle a pris un air très détaché.

— Bon, ça ne fait rien, j'irai toute seule!

— Demain si tu veux.

— La tempête sera sans doute passée; enfin, tant pis pour toi!

Grand-père a fait alors son apparition; il venait du dehors, revêtu d'un ample ciré noir et d'un suroît jaune qui ne laissait apparaître que ses moustaches dégoulinantes de pluie. Il paraissait ravi.

— Quel temps, mes enfants!

Cousine Rosa a fait semblant de le gronder.

— Julien Granger, vous n'êtes pas raisonnable. Sortir par un temps pareil, à votre âge.

— Si tante Marcelle te voyait! ai-je ajouté, histoire de mettre mon grain de sel.

— Enfin, je ne suis pas en sucre ! Et une bonne pluie de suroît n'a jamais fait de mal à personne. J'ai été jusqu'à Port-Maria ; la mer était furieuse. Qu'est-ce que ça doit être sur la côte sauvage.

— Allez vous changer ! a dit cousine Rosa.

— Et n'oublie pas ton rendez-vous chez ton amie d'enfance !

Une heure plus tard, nous nous installions tous deux sur les sièges de Pétula, sortie de la grange qui lui servait de garage. Notre chère traction paraissait enchantée d'avoir à affronter les éléments déchaînés. Elle est partie au quart de tour, et plein vent arrière. Grand-père sifflotait. Moi, je suis resté silencieux, tout à ma curiosité de rencontrer bientôt Valentine.

Le vent semblait donner des ailes à Pétula. Très vite nous avons perdu Locmaria de vue, et par des petites routes nous avons gagné l'intérieur. Autour de nous le vent soufflait en maître courbant les ajoncs ras, arrachant leurs pétales qui voletaient comme des papillons d'or. Puis, tout à coup la tempête a semblé perdre de sa force : un vallon venait d'apparaître, dans lequel nous descendions. Au lieu de la lande pelée, nous roulions maintenant au milieu de prairies couvertes de boutons d'or, nous longions des haies de saules : on se sentait soudain très loin de la mer, transplantés dans une campagne paisible.

— Belle-Île est ainsi, m'a dit grand-père, striée de vallons presque invisibles, avec des ruisseaux et des prés. Mais attention, nous arrivons.

La maison de Valentine était séparée du reste du village par une bonne centaine de mètres, accoudée à une autre bâtisse plus importante mais qui menaçait ruine ; elle n'en paraissait que plus pimpante avec sa façade blanche, ses volets bleus, et toutes les primevères qui s'épanouissaient autour d'elle...

Grand-père a vérifié l'ordonnancement de son nœud de cravate dans le rétroviseur.

— On y va, Thomas !

Un chien noir, tout poilu, s'est précipité vers nous en remuant la queue, suivi d'un chat jaune et d'un autre matou gris et blanc... Les poules ont penché la tête de droite à gauche, de gauche à droite et ont poussé des petits «Coco... coooo... cooo», l'air de nous dire : «Qui êtes-vous ? Que venez-vous faire ici ?»

Enfin la porte de la maison s'est ouverte, et Valentine Clément est apparue sur le seuil. Petite, un peu courbée c'est vrai, mais à peine, avec un visage tout lisse, légèrement rosi aux pommettes, et des cheveux de neige... Sur sa tête, une coiffe, la première que je voyais depuis mon arrivée dans l'île, une sorte de bonnet blanc agrémenté de deux pans de dentelles qui soulignaient son visage.

Elle s'est approchée tranquillement.

— Te voilà, Julien, tu es à l'heure.

Puis elle s'est tournée vers moi ; elle m'a regardé longuement, sans sourire, presque gravement, mais je sentais pourtant dès cet instant qu'elle m'aimait bien... Ce n'était pas du tout le regard condescendant que les adultes ont souvent vis-à-vis des enfants ; ils vous murmurent une banalité quelconque : « Oh la charmante petite fille ! », « Oh le grand garçon ! » Tout juste s'ils n'ajoutent pas : « Il travaille bien à l'école ? » Ils s'en moquent complètement ! Non, avec Valentine c'était autre chose !

Elle a fini par me donner une petite tape sur l'épaule.

— Thomas, c'est ton nom, n'est-ce pas ?

— Oui, madame !

— D'abord, ne me dis pas madame, je n'en ai pas l'habitude, et je n'aime pas beaucoup. Non, tu me dis « tante » comme tous les enfants du coin.

Elle m'a encore dévisagé quelques secondes, puis s'est adressée à grand-père...

— Il ressemble un peu à ton oncle Joseph, le frère de ta mère, tu ne trouves pas ?

Il a fait la moue.

— Tu sais, je n'ai jamais été très fort pour trouver les ressemblances, mais si tu le dis, ça doit être vrai !

Valentine m'a pris la main, m'a conduit vers la porte d'entrée.

— Viens, mon garçon, je vais te montrer mon domaine !

Et nous sommes entrés, escortés par le chien noir et les deux chats.

7

Avec l'apparition de Valentine Clément, Belle-Île a d'un coup pris pour moi un autre visage : celui de la tendresse, de l'humour, de la joie. C'est cela, avant toute chose ; c'était quelqu'un de joyeux, et qui aimait la vie dans tous ses détails, sans jamais être dupe. Elle mettait la même ferveur à préparer un far, à allumer un feu d'ajoncs dans sa cheminée, à planter une fleur, à chanter une chanson. Valentine était âgée sans doute, mais elle n'était pas vieille, oh non ! C'était à la fois une fourmi laborieuse, car elle n'arrêtait pas de faire quelque chose de ses dix doigts, et une cigale venue se perdre ici, au bout de la terre. « La plus intelligente de nous tous », avait dit grand-père. C'est vrai qu'elle l'était. Pas « savante », mais cultivée : parce que connaître les plantes médicinales, se souvenir des vieilles chansons, des antiques légendes, savoir deviner le temps du lendemain grâce au chant d'un oiseau, à la forme d'un nuage, moi je trouve que c'est de la culture !

Tout de suite, j'ai été sous le charme...

L'endroit où elle vivait – «ma pièce» comme elle disait – était à son image, net, impeccablement propre et cependant plein de fantaisie: une racine tordue qui faisait penser à un homme marchant avoisinait la photo classique de ses parents, au garde-à-vous devant le photographe; des coquillages traînaient parmi les assiettes rangées dans le vaisselier. Fixée au mur, non loin d'une vieille peinture naïve qui représentait un voilier à sec de toile, fuyant dans la tempête, il y avait la reproduction du bouquet de tournesols de Van Gogh. Valentine n'était pas hostile au progrès mais la machine à laver, le poste de télévision et le petit réfrigérateur parvenaient comme par miracle à s'incorporer au reste, au lit bateau d'acajou recouvert d'un couvre-lit blanc tricoté au crochet, à la vieille horloge dont le battant marquait le rythme des heures, à l'armoire bretonne amoureusement cirée. Chez elle ça sentait le thym, la cire d'abeille, le café moulu et le bois brûlé.

Puis il y avait les bêtes: Milord, le chien noir, Azote et Oxygène, les chats. Dehors les poules, les canards, les dindons et dans la boue accolée à la maison, Hermeline la grosse truie rose. Partout des oiseaux; des mésanges et des rouges-gorges, des moineaux et des merles, qu'on aurait juré apprivoisés tant ils se montraient peu farouches. Il y avait comme un pacte d'amitié entre Valentine et les animaux, fait de respect mutuel et d'affection.

Bref, à la fin de ce repas mémorable, j'étais complètement conquis par cette petite dame extraordinaire. Il me semblait la connaître depuis toujours, et j'étais bien décidé à la revoir aussi souvent que possible.

Grand-père ne disait rien; il tirait sur ses moustaches, l'œil en coin, avec un petit sourire au bord des lèvres...

Les trois journées qui ont suivi, nous les avons passées à visiter Belle-Île, dans tous les sens. Nous quatre, grand-père, tante Valentine, Gaëlle, que nous avions jointe à notre troupe, moi... et Pétula bien sûr! De Kerdonis aux Poulains, de Donan à Taillefer, nous sommes allés partout où Pétula pouvait passer. La tempête s'était légèrement apaisée mais une forte brise continuait de souffler du nord-ouest, affinant chaque détail du paysage... J'ai vu le fortin de Sarah Bernhardt, la maison d'Arletty, le grand phare, la grotte de l'Apothicairerie... J'ai visité la grotte où Alexandre Dumas fait mourir Porthos, j'ai flâné sur les quais de Sauzon. Surtout j'ai vu la mer, énorme du côté du large, apaisée le long de la côte qui regarde la terre. Et j'ai compris que désormais Belle-Île serait mon île, quoi qu'il advienne.

A chaque merveille découverte, à chaque vague magnifique de puissance, à chaque architecture de rochers, grand-père se tournait vers moi, fier comme Artaban, semblant me dire: «Tu vois, mon garçon, il est beau notre pays!»

Il rajeunissait de jour en jour, mon «Pépé la Boulange»! Un vrai jeune homme. Quand parfois j'essayais de l'imaginer tel qu'il était quinze jours plus tôt, couvé par tante Marcelle, assis dans son fauteuil, je me demandais s'il s'agissait bien du même homme. On s'amusait comme des petits fous, on chantait tous les quatre, on pique-niquait sur une plage abritée ou bien on dénichait un petit restaurant, à Sauzon ou au Palais. Grand-père avait voulu nous inviter dans le restaurant le plus renommé de l'île, mais Valentine a dit non.

— Mon pauvre Julien, c'est des attrape-touristes ces machins-là. Allons plutôt chez la mère Louisa, du côté de Ramonette. Tu mettras tes fesses sur des bancs de bois, mais tu auras une nourriture de chrétien dans ton assiette!

Au bout de trois jours, Valentine a dit qu'il était grand temps que sa vie retrouve un rythme normal, que les bêtes commençaient à avoir le cafard de la voir ainsi s'en aller sans cesse.

— De toute façon, vous pouvez continuer sans moi. Tu connais l'île aussi bien que moi, Julien!

Seulement, sans elle, ce n'était plus du tout la même chose. Nous avons rangé Pétula dans sa grange, et repris notre vie à Locmaria. C'est alors que je me suis aperçu qu'il y avait déjà une semaine que j'étais ici, et que dans huit jours, nous devrions rentrer. Moi, en tout cas, parce que je ne savais pas ce que grand-père comptait faire !

*
* *

Ce matin-là, avec Gaëlle nous sommes partis à la plage des Grands Sables, encore surveillée par de vieilles fortifications qui n'ont pas empêché les Anglais de débarquer en 1673. Est-ce d'avoir interrompu nos excursions, nous nous sentons un peu tristes, un peu désoccupés. Nous commençons par faire un concours de ricochets, nous ramassons quelques coquillages et finissons par nous asseoir à l'abri du vent.

— Quand je pense qu'il va bientôt falloir reprendre le chemin de l'école, soupire Gaëlle, quelle barbe !

— Plains-toi. Tu vas rester à Quiberon, tu pourras venir ici toutes les semaines. Moi, ma vieille, je serai à Paris !

Elle m'expédie un bout de varech desséché en direction du visage.

— Dis donc, on dirait que tu es mordu par l'Île, toi aussi.

— Ben, c'est quand même mon pays. Je m'appelle Granger, et je descends des Acadiens !

— C'est vrai !

Pendant un instant, elle dessine des signes cabalistiques sur le sable, puis reprend :

— De toute façon, tu reviendras !

— J'y compte bien !

— Qu'est-ce qu'il compte faire, cousin Julien ?

Ma foi, je n'en sais rien ; nous n'en avons pas parlé, je ne sais même pas s'il compte prolonger son séjour, ou s'il rentre avec moi.

— Je ne sais pas !

— Ce qui serait bien, murmure-t-elle, ce serait qu'il se marie avec tante Valentine.

Je demeure bouche bée et dois avoir l'air particulièrement idiot car Gaëlle éclate de rire.

— Bien quoi ! Ne fais pas cette tête de merlan qui revient du large !

— Tu... Tu te rends compte, Gaëlle, à leur âge !

— Quoi, à leur âge ?

— Mon grand-père à soixante-douze ans, et elle aussi !

— Et alors ! Il est veuf, Valentine est vieille fille. Tu n'as pas vu comme ils sont bien ensemble, comme ton grand-père boit la moindre de ses paroles, comme il la regarde ! Et elle, cette façon qu'elle a de dire «Julien». Et puis de lui arranger son écharpe. Moi je te dis que ces deux-là sont faits pour s'entendre, même s'ils sont vieux !

Les idées se mettent à tourbillonner dans ma tête ! J'essaie d'imaginer celle de tante Marcelle apprenant la nouvelle. Jusqu'alors, mon grand-père, malgré notre incursion à Belle-Île, continuait d'être lié à Nogent, à l'avenue Clemenceau, aux repas du dimanche, à la famille quoi ! Et voilà que Gaëlle suggère qu'il ne soit plus le veuf de grand-mère Mina, mais le mari de Valentine !

— Ton grand-père, dit Gaëlle, je suis sûr qu'il a compris que son vrai pays c'est ici, pas ailleurs.

— Il peut très bien y rester, acheter une maison même, ou prendre pension chez ta tante Rosa ; il n'est pas obligé de se marier avec Valentine !

— Mais puisque je te dis qu'il est amoureux d'elle.

C'est bête, je me sens presque choqué de devoir associer ces deux mots : «grand-père» et «amoureux».

— Ma pauvre fille, tu regardes trop la télévision !

— Et l'intuition féminine, qu'est-ce que tu en fais ?

— De toute façon, Gaëlle, c'est eux que ça regarde. Nous n'allons pas quand même les traîner de force devant le maire et le curé.

Nous sommes rentrés à Locmaria à moitié en froid.

*
* *

A partir de ce moment, j'ai commencé à regarder grand-père et tante Valentine d'un autre œil, les paroles de Gaëlle continuant à me trotter dans la tête. C'est vrai que l'œil bleu clair de grand-père s'adoucissait singulièrement quand il parlait à sa «vieille camarade» ainsi qu'il l'appelait, c'est vrai que Valentine avait des gestes affectueux pour lui. Mais quoi! N'étaient-ils pas amis d'enfance, presque frère et sœur. De là à imaginer une idylle entre ces deux septuagénaires, il y avait un pas à franchir!

Et puis d'un coup, grand-père a changé. D'un seul coup... Cet après-midi-là, il avait été retrouver Valentine, tandis qu'avec Gaëlle nous étions partis chercher des pousse-pied dans les grottes, sous Kerdonis. Les pousse-pied, dont le nom savant est anatifes, ce sont des drôles d'animaux. Imaginez des milliers de tubes en accordéon collés aux rochers, avec une tête de monstre de science-fiction, constituée d'un assemblage d'écailles d'où s'échappent en bouquets des fibres brun-rose. Quand Gaëlle me les a montrés, la première fois, j'ai trouvé ces êtres très étranges, et jamais je n'aurais pensé qu'ils puissent être comestibles... Mais cousine Rosa nous en a servi un plat, selon une préparation qu'elle tenait de sa mère et j'ai dû reconnaître que c'était rudement bon.

C'est pourquoi, profitant de la basse mer, nous avons Gaëlle et moi passé l'après-midi à explorer les grottes nombreuses situées au pied du phare.

Nous sommes rentrés, fiers de notre pêche. Ensuite j'ai lu un peu, j'ai flâné. J'ai entendu le moteur de Pétula, puis grand-père est entré dans sa chambre. Je me suis un peu étonné de ne pas le voir frapper à ma porte et me demander : « Alors Thomas, bonne journée ? », mais après tout ça n'avait rien d'extraordinaire.

C'est à table que je me suis aperçu que quelque chose n'allait pas. Il a à peine touché au repas, et à toutes mes questions il s'est contenté de répondre par monosyllabes.

— Tante Valentine va bien ?

— Très bien, oui.

— Oxygène a eu ses petits ?

— Non, pas encore.

— Tante Valentine a planté ses pommes de terre ?

— Oui, je crois.

Bon, me suis-je dit, il est fatigué. Après tout, il est âgé, et à force de gambader comme un lapin, c'est tout à fait normal qu'il ait une baisse de régime de temps en temps. Il va passer une bonne nuit, et demain ça ira mieux !

Seulement, le lendemain, c'était pareil. Il a grignoté au déjeuner, est demeuré aussi silencieux. J'ai commencé à m'inquiéter sérieusement quand au lieu de me dire, comme d'habitude : « Je vais passer un moment chez ma vieille camarade », il a murmuré qu'il allait faire la sieste.

— Tu es malade, grand-père ?

Il s'est efforcé de sourire, tout en me donnant une petite tape sur la joue.

— Mais non, grand bêta. Simplement j'ai soixante-douze ans. J'ai eu trop tendance à l'oublier ces derniers temps. Beaucoup trop !

Le lendemain, même chose : un pauvre vieux bonhomme tout triste, l'esprit ailleurs, mangeant à peine, répondant à côté. Quand il m'a déclaré que bientôt ce serait le départ et qu'il allait vérifier le bon état de marche de Pétula, je suis resté muet de surprise.

Nous n'en avions pas parlé, mais j'étais tellement persuadé qu'il allait prolonger son séjour à Belle-Île, et même s'y installer définitivement. Il paraissait tellement repris par les gens et par les choses d'ici.

— C'est vrai, tu rentres avec moi ?

Il a haussé les épaules.

— Que veux-tu, mon garçon, ma vie est à Nogent près de vous tous !

— Je... je croyais que Belle-Île t'avait repris, que tu allais y rester.

— Je l'ai cru aussi ! Mais j'ai dû me tromper.

Il s'est levé de table et est sorti, très vite, comme s'il ne voulait pas en dire davantage.

C'est dans l'après-midi que j'ai fini par en savoir plus long. Décidément il boudait Valentine puisque, au lieu d'aller lui rendre visite, il m'a proposé d'aller jusqu'au cimetière.

Il y a des cimetières tristes : celui de Locmaria ne l'est pas. Tout près de la petite église immaculée, il s'offre aux senteurs de la mer. Grand-père m'a montré la tombe des Granger, une pierre toute simple, surmontée d'une croix... Plusieurs noms, des dates, avec une mention spéciale pour « Jean-Pierre Granger, disparu en mer ».

Habituellement, il en aurait profité pour me réciter la saga familiale, pour me situer les gens qui reposaient ici... Mais non, rien. Il était redevenu aussi silencieux qu'à Nogent, du temps de grand-mère Mina.

Alors, à la sortie du cimetière, je lui ai pris la main et l'ai obligé à s'arrêter.

— Je suis ton copain, oui ou non ?

— Bien sûr, Thomas. Et s'il doit rester quelque

chose de bien de cette escale à Belle-Île, c'est bien ça. Maintenant on se connaît tous les deux.

— Alors, il faut me dire ce que tu as... Et ne me raconte pas que c'est parce que tu as soixante-douze ans, ça ne marchera pas...

Il m'a serré l'épaule, très fort.

— C'est pourtant tout de même à cause de mon âge, Thomas !

— C'est à cause de tante Valentine ?

Il a lâché mon épaule et s'est reculé pour me dévisager avec surprise.

— Que veux-tu dire, petit ?

— Oh, ne me prends pas pour plus bête que je suis, va ! J'ai bien vu que tu n'allais plus la voir, que tu ne parlais plus d'elle alors que ces derniers temps tu n'avais que son nom à la bouche ! C'est pas sorcier. Pourtant je suis sûr que tante Valentine est incapable d'être méchante envers qui que ce soit...

Il s'est assis sur un muret de pierre. Il paraissait très las, d'un coup.

— Tu as raison ; elle n'est pas méchante. Elle est réaliste, et moi je suis un vieux fou...

Un chat jaune qui sentait le poisson est venu se frotter entre mes jambes, un goéland isolé est passé très haut au-dessus de nos têtes.

— Alors grand-père, tu me racontes ?

Il a hoché longuement la tête.

— Ce n'est pas facile, tu sais!
— Allez, vas-y!
— Tu ne te moqueras pas de moi, tu ne me trouveras pas ridicule?
— Tu es mon copain; tu le sais bien!

Il a pris le chat jaune, un peu pelé, sur ses genoux et il a commencé ses confidences...

8

— Tu vois, Thomas, une vie d'homme, même aussi banale que la mienne, c'est à la fois tout simple, et très compliqué.

Je ne vais pas le laisser tourner autour du pot pendant des heures!

— Commence par le plus simple, grand-père... Le plus compliqué viendra après.

Il ne me regarde pas, il fixe l'horizon, tout en caressant machinalement le chat jaune...

— Bon. Un garçon de treize-quatorze ans quitte son pays natal pour aller ailleurs gagner sa vie. Il n'a pas le choix, ou si peu. Comme il est plein de bonne volonté et plutôt travailleur, il fait ce qu'on lui dit, il apprend à pétrir, à enfourner, il attrape le tour de main et devient un bon mitron. Tout ça se passe avant la guerre, il n'y a pas encore les congés payés, mais au contraire la crise, le chômage. Alors, dame, il travaille... Souvent il pense à son île, à sa mère qui vieillit sans lui, à d'autres personnes aussi. «Dès que je pourrai j'irai là-bas! J'irai les revoir»... Mais voilà, le service militaire, en Alsace, la guerre qui menace, et qui éclate! Je t'ai raconté ma guerre... J'ai fait mon devoir, je crois, mais je me suis retrouvé caché dans cette ferme flamande. Le pays grouillait d'Allemands qui n'auraient pas demandé mieux que de m'expédier dans un camp. J'ai donc attendu. J'aidais de mon mieux. Les Van der Brooke étaient de très braves gens, qui avaient été déjà ruinés en 1914; ils étaient courageux, accueillants et gais... Ta grand-mère Mina avait vingt ans, elle était blonde comme les blés... Je l'ai trouvée belle. Et voilà, nous nous sommes mariés!

Il se décide enfin à me regarder, et s'efforce de sourire.

— Tu sais, Thomas, je n'ai jamais regretté ce mariage. Nous étions bien appareillés, je crois; elle, solide, décidée, sachant prendre les risques qu'il fallait. Moi, plus rêveur peut-être, mais enfin ne rechignant pas à l'ouvrage. Nous avons pu acheter cette boulangerie de Nogent et réussir, comme on dit! Quand ta grand-mère est morte, je me suis senti perdu, comme un bœuf de labour qu'on sépare de son compagnon de travail. Tout ça est vrai!

Il s'arrête, laisse partir le chat jaune, se mouche dans un grand mouchoir à carreaux bleus.

— Voilà, je t'ai raconté le plus facile; mais tu savais déjà tout ça!

— Et le plus compliqué ?

Il hoche la tête longuement.

— Un ancêtre en train de faire des confidences à son petit-fils, murmure-t-il, cela ne se voit pas tous les jours !

— Tu sais bien qu'on est copains, grand-père !

— Bon. Quand j'ai quitté Belle-Île, j'étais très malheureux de quitter ma mère, et quelqu'un d'autre aussi...

— Valentine ?

— Oui. Je te l'ai dit, Thomas, je la considérais comme ma petite sœur. Nous ne nous étions guère quittés jusqu'alors ! Quand nous dansions parfois, aux mariages ou aux pardons, c'est toujours ma main qui prenait la sienne, quand nous allions aux veillées, elle était à côté de moi, quand j'avais de la peine, c'est elle qui me consolait, et si quelqu'un lui cherchait noise, c'est à moi qu'elle venait demander du secours. Nous trouvions ça tellement naturel que nous ne nous en rendions même plus compte ! Nous n'avions que quatorze ans... A cette époque-là, les jeunes étaient moins précoces que maintenant. Bref je crois bien que nous étions déjà amoureux l'un de l'autre, mais que nous aurions ri au nez de celui qui nous l'aurait dit. En tout cas, je suis parti !

— Et jamais tu ne l'as revue, jamais tu ne lui as écrit ?

— Non. Ecrire n'était pas mon fort et, je te l'ai déjà dit, je ne suis revenu à Belle-Île que plus tard, bien plus tard!

— Mais à ce moment-là, tu n'as pas cherché à la revoir?

— A quoi bon! Je ne suis resté à Locmaria que le temps de régler mes affaires. Et puis j'étais marié, père de famille, débordé de travail... Non, il m'arrivait de penser à Valentine, mais comme à un fantôme perdu dans les brumes de mon enfance...

Il s'arrête à nouveau, lisse ses moustaches de son geste familier, puis reprend doucement.

— C'est quand je l'ai vue l'autre jour que j'ai compris que dans un certain sens je l'avais toujours aimée. Ce qui ne veut pas dire que je n'ai pas aimé ta grand-mère... Mon Dieu que c'est difficile d'expliquer tout ça!

Mon pauvre pépé! Il a l'air complètement perdu. Je me rapproche de lui, pose la tête contre son bras, pour essayer de l'encourager, de mon mieux.

— En voyant Valentine, des tas de choses ont monté en ma mémoire... des souvenirs, des impressions, des odeurs, que sais-je... Thomas, tu sais comme elle est!

— Elle est formidable; moi aussi je l'aime beaucoup!

— Alors, durant les jours qui ont suivi, l'idée que

peut-être nous pourrions unir nos solitudes s'est imposée à moi. Parce que, vois-tu, petit, ce qu'il y a de plus difficile dans le fait de vieillir c'est qu'on est de plus en plus seul, même si on est entouré d'affection comme je le suis.

Il pose sa main sur mes cheveux, me frotte la tête.

— Mon imagination s'est emparée de cette idée, l'a dorlotée, bichonnée, sublimée... Je rachetais la ruine à côté de la maison de Valentine, je la restaurais, afin de ne pas détruire son univers... Je nous voyais partir avec Pétula à la conquête du monde... Tu te rends compte, mon Thomas, à quel point un vieillard peut divaguer parfois!

— Je ne trouve pas!

Il me dévisage longuement.

— C'est vrai que tu accueilles la nouvelle avec calme!

Il soupire.

— Enfin, de toute façon ça n'a plus d'importance. Quand j'ai fini par aborder la question avec Valentine, et ça n'a pas été facile de me décider, crois-moi, elle est bien restée deux minutes sans rien dire, et puis elle a souri. «Mon pauvre Julien, a-t-elle dit. Il est tard, beaucoup trop tard! Tu ferais mieux de rentrer chez toi.» Et comme si rien ne s'était passé, elle a repris son tricot... Tu sais comme elle est; elle n'élève pas la voix, elle garde son calme, mais j'ai bien compris que sa réponse était définitive. Alors voilà, mon garçon, je suis un peu triste bien sûr, comme un vieux gamin dont on a cassé le jouet préféré ! J'avais rêvé : le rêve est fini. Nous allons plier bagage et regagner Nogent... Je vais retrouver mon fauteuil de cuir, mes vieux copains, mon chat Mitron et endurer les affectueuses recommandations de tante Marcelle. C'est ma vie, enfin c'est le résultat de ma vie ! J'ai compris qu'à mon âge, on ne doit pas avoir la folie de vouloir se construire encore un avenir !

Il s'est levé, je lui ai pris la main et lentement nous sommes rentrés chez cousine Rosa. Pour le moment je n'avais rien à ajouter, mais si grand-père s'imaginait que j'allais accepter sa défaite aussi facilement que lui, il se trompait !

Et d'abord appeler ma mère. Ça n'allait pas être facile de lui expliquer une situation aussi extraordinaire au téléphone, et toutes mes économies allaient certainement y passer, mais enfin, il le fallait. Je suis allé au bureau de poste car chez cousine Rosa le téléphone est dans la salle commune, et je ne voulais pas que tout Locmaria puisse bénéficier de mes confidences.

Maman a été surprise que je l'appelle en plein après-midi.

— Tom ! Que se passe-t-il, rien de grave ?

— Non... enfin si... Je vais essayer de t'expliquer, mais je ne sais pas trop comment m'y prendre.

— Je t'écoute, Tom!

Je me suis lancé dans mon récit; j'ai essayé de décrire Valentine, de montrer à quel point elle était gentille. Puis j'ai parlé de grand-père, j'ai tenté de résumer ce qu'il m'avait dit. Parfois je m'embrouillais mais heureusement, ma mère a l'habitude de me comprendre à demi-mot. Cela nous a bien servi.

— Qu'est-ce que je fais, maman? Grand-père essaie de crâner, mais il est très malheureux, tu sais. Je crois qu'il aime vraiment Valentine, qu'il l'a toujours aimée. Si tu avais vu comme il était content de la retrouver... Alors forcément, maintenant qu'elle lui a dit «non», il est complètement à plat.

A l'autre bout du fil, maman devait réfléchir à toute vitesse...

— Je ne sais que te dire, mon Tom! Je me sens si loin de toi, de vous... Et vraiment je ne puis sauter dans un train ou dans un avion pour vous aider... Ton père est débordé, il a besoin de moi.

— Je sais bien, maman. De toute façon, tu ne pourrais rien faire toi non plus. Dans quatre jours nous allons quitter l'île, et ce sera fini.

— Tom, il faut que tu essaies de faire quelque chose.

— Oui, mais quoi?

— Il faut que tu ailles voir la vieille dame, que tu lui parles, que tu essaies de la convaincre...

— Mais maman, elle a déjà dit «non» à grand-père, que veux-tu que je lui raconte?

Il y a un silence, pendant lequel je n'entends que le léger grésillement de la ligne.

— Maman, tu es là?

— Oui; je réfléchissais. Franchement, Thomas, je ne sais pas exactement ce que tu peux lui dire, je ne la connais pas. Mais toi, je te connais bien, par contre. Quand tu veux vraiment quelque chose, que ce soit un livre, une place de cinéma, un disque ou un timbre rare, tu sais parfaitement t'y prendre...

— Tout ça c'est facile. Mais cette fois il s'agit de décider tante Valentine à épouser grand-père. Ce n'est pas tout à fait la même chose!

— Je sais. Tout de même, essaie d'employer ton pouvoir de séduction; c'est pour la bonne cause, mon Tom!

— C'est bon, j'essaierai!

— Raccroche maintenant; je te rappellerai demain soir. Tu me diras.

— D'accord. Au revoir, maman!

— Au revoir, Tom... Et bonne chance!

Bon, je n'étais guère plus avancé... J'avais cru que maman allait tout résoudre, comme par enchantement, qu'elle allait d'un coup me donner la solution miracle. Evidemment, ça n'était pas possible. Pourtant, elle avait raison, il n'y avait que moi qui puisse encore tenter quelque chose auprès de Valentine !

Cette nuit-là, j'ai mis beaucoup de temps avant de trouver le sommeil ; je n'arrêtais pas de tourner et retourner dans ma tête les arguments que demain je devrais présenter à la vieille dame, et de les rejeter les uns après les autres. J'ai fini tout de même par m'endormir : ont commencé alors des rêves absurdes, où je voyais Valentine enfourner grand-père dans son four de boulanger, puis se battre en duel contre tante Marcelle à coups de tisonnier. Le lendemain je me suis réveillé la tête lourde, et j'aurais donné très cher pour ne plus être ici à Locmaria, mais chez moi, auprès des mes parents.

Mais j'avais une mission à remplir ; je devais y aller !

*
* *

Grand-père, m'a dit cousine Rosa, n'était pas encore descendu.

— Je ne sais pas ce qu'il a ton pépé, depuis quelques jours, mais il n'est plus le même !

Bien sûr, je n'avais aucune explication à donner J'ai répondu qu'il était sans doute un peu fatigué d'avoir parcouru Belle-Île en long et en large.

— Ça doit être ça, a dit cousine Rosa.

J'ai avalé mon petit déjeuner, tandis qu'elle s'affairait déjà à ses fourneaux.

— Dites, cousine Rosa, je peux vous emprunter votre vélo?

— Volontiers, Thomas. Tu n'attends pas Gaëlle? elle est partie jusqu'au Palais pour me faire deux ou trois courses, mais elle ne devrait pas tarder.

Gaëlle! Surtout pas! Il aurait fallu répondre à ses questions expliquer, résumer, commenter, je ne m'en sentais ni l'envie, ni le courage!

— Je veux juste aller faire un petit tour du côté de Samzun, cousine Rosa. Je retrouverai Gaëlle plus tard!

— Comme tu veux, mon garçon!

Me voilà donc parti, par les chemins devenus familiers. Le beau temps est revenu peu à peu et ce matin le vent est tombé, le soleil luit. Un vrai temps de Belle-Île au printemps, qu'il y a deux jours encore j'aurais apprécié à sa juste valeur. Aujourd'hui je n'en ai pas le courage, j'ai le cœur serré d'angoisse. «Si seulement la roue du vélo pouvait crever! Si je pouvais revenir en arrière.»

J'aborde le calme vallon où, tout au fond, se blottit la maison de Valentine, et j'ai beau pédaler le plus lentement possible, la voici qui apparaît, qui se rapproche à chaque tour de roue.

Peut-être qu'elle n'est pas là! Peut-être qu'elle est partie se promener!

Milord m'a entendu venir; il accourt vers moi, la queue frétillante de plaisir, saute autour du vélo. J'en profite pour mettre pied à terre : ce seront toujours quelques secondes de gagnées!

Voici Oxygène, le matou gris et blanc, qui vient se frotter dans mes jambes. Azote la chatte jaune doit veiller sur ses petits fraîchement nés.

J'entends les poules, les dindons, les canards... Tout est semblable et cependant aujourd'hui tout me semble différent.

J'approche à pas comptés, appuie mon vélo contre la barrière blanche.

Comme un condamné, je pénètre dans la cour aux primevères.

C'est alors que j'aperçois Valentine... Elle s'active dans son potager. Elle trace de légers sillons dans la terre meuble. Comme tous les ans au printemps, elle s'apprête à semer ses haricots, ou ses petits pois. Elle est entièrement prise par ce qu'elle fait, elle est tout à son travail, et ne m'entend pas approcher.

Une fois encore j'ai une folle envie de tourner les talons et de m'enfuir... Et pourtant j'appelle.

— Tante Valentine! Tante Valentine!

Elle s'arrête, se redresse, me regarde, sourit.

— Thomas!

Elle me dévisage longuement, et sans doute devine-t-elle tout de suite beaucoup de choses.

— Je finis mon sillon et j'arrive, dit-elle.

Puis, quand elle a terminé, elle s'essuie les mains à son tablier et de la tête me désigne sa maison.

— Entrons, mon garçon ; nous serons mieux pour parler !

Derrière elle, je pénètre dans la pièce ensoleillée où une abeille précocement réveillée danse dans un rai de lumière.

— Tu veux manger quelque chose ? Des crêpes ? Du far ? Du pain et du lard ?

— Non merci, tante, je n'ai pas faim...

Elle jette une brassée d'ajoncs secs dans la cheminée, souffle sur les braises... Bientôt une claire flambée crépite sous le linteau de granit.

Tante Valentine s'assoit dans son fauteuil à haut dossier, resserre son châle, croise les mains et me sourit.

— Allons, Thomas, je t'écoute !

9

Voilà, nous étions face à face, tante Valentine dans son fauteuil, les mains jointes, son petit visage lisse tourné vers moi.

Moi... bras ballants, la tête devenue complètement vide, me demandant bien ce que je faisais là, me maudissant d'être venu bêtement me mêler de ce qui ne me regardait pas!

Si vous croyez que c'est facile d'être ainsi en présence d'une vieille dame malicieuse et de lui dire: «Tante Valentine, mon grand-père est malheureux... C'est à cause de vous. Il faut que vous fassiez quelque chose», alors je vous cède ma place, bien volontiers!

Le silence s'est installé entre nous, pesant de tout son poids sur mes épaules. Il a dû se prolonger quelques minutes, même pas, quelques dizaines de secondes. Il me semblait qu'il durait depuis des siècles. Le battement de la vieille horloge avait pris tout à coup une importance considérable; il me semblait que c'était mon cœur qui battait ainsi dans ma poitrine.

Tante Valentine ne disait rien. Elle se contentait de me regarder avec intérêt, de plonger dans les miens l'éclat bleu de ses yeux.

Enfin elle a fini par décroiser les mains, les a ouvertes dans ma direction.

— Alors Thomas, tu as quelque chose à me confier ?

Bêtement, j'ai sursauté.

— Euh, non... Enfin si, je crois. Je ne sais pas, tante !

Elle a hoché la tête en souriant.

— Mon garçon, te voilà devenu soudain bien imprécis. Quoi que tu puisses avoir à me dire, n'oublie pas que je t'aime bien, et que de toute façon je n'ai jamais mangé personne. Tu as fait une bêtise ?

— Oh non, tante, je ne crois pas !

— Tu as des ennuis ? des soucis ?

— Euh non... Enfin, pas moi !

— Qui donc alors ?

— Bien, je crois que c'est grand-père...

Ça y est le mot clef est lâché. Je suis bien certain que tante Valentine, futée comme elle l'était, avait deviné le but de ma visite au moment même où elle m'avait aperçu entrer dans son jardin. Mais elle avait décidé de faire durer le plaisir !

A nouveau elle a joint les mains.

— Julien Granger a des ennuis, a-t-elle murmuré en branlant la tête. Voyez-vous ça, le pauvre homme ! Ses rhumatismes, peut-être, ou son cœur, ou ses artères... Son foie alors ?

— Mais non, il va très bien. Enfin il n'est pas malade. Il est triste, ce n'est pas pareil !

Je commençais à en avoir assez de tourner ainsi autour du pot. Tante Valentine l'a bien compris, car elle s'est levée et est venue s'asseoir sur le bras du fauteuil, à mes côtés. D'un geste affectueux, elle a posé sa main fine sur mon épaule.

— Il est triste ? a-t-elle répété doucement, comme pour m'encourager à poursuivre.

— Oui, il ne chante plus, il ne rit plus. Il touche à peine à ce que lui donne tante Rosa, et il m'a dit qu'il ne restait pas à Belle-Île, qu'il allait rentrer avec moi à Nogent...

— Là-bas, murmure-t-elle, c'est chez lui, Thomas. Là-bas il a son foyer, ses enfants, ses petits-enfants, toute son existence !

— Oui, peut-être. N'empêche que sa vraie place est ici maintenant, dans son île... Et avec vous, tante Valentine !

Ça y est, je l'ai dit !

Elle a quitté le bras de mon fauteuil, elle se courbe devant l'âtre et souffle sur les braises qu'elle recouvre de bois sec. Le feu crépite à nouveau. Ce sont sans doute les flammes qui donnent soudain cette teinte rose à son visage.

Elle reprend place dans son fauteuil.

— Moi, dit-elle, moi! Mais, Dieu du ciel, Thomas, que viens-je faire là-dedans?

— Vous le savez très bien, tante Valentine. Mon grand-père a besoin de vous. Il vous aime. Il a envie de vieillir avec vous...

Elle hausse les épaules.

— C'est cela, murmure-t-elle comme si elle se parlait à elle-même et qu'elle eût oublié ma présence. C'est cela! Julien Granger a besoin de quelqu'un pour lui faire ses tisanes, frictionner ses vieilles articulations et lui préparer des sinapismes quand il a pris froid.

— Ce n'est pas vrai! Ma tante Marcelle s'occupe très bien de lui, à Nogent. On dit même qu'elle le dorlote un peu trop. Ce n'est pas pour ça qu'il a besoin de vous. C'est pour autre chose!

Elle se décide enfin à tenir compte de ma présence.

Elle me dévisage longuement, sourit. Le chat Oxygène en profite pour sauter sur ses genoux. Elle se met à le caresser sous le menton d'un geste tout à fait machinal.

— Tu as le temps? Tu n'es pas pressé?

— J'ai dit à cousine Rosa que je rentrerais pour le déjeuner...

— Et il n'est pas onze heures ! Je vais donc te raconter une histoire. Comme ça, tu comprendras mieux les choses. Tu n'es qu'un enfant, Thomas, mais justement, je crois que c'est ce qu'il faut...

Elle se concentre, continue de caresser le matou qui ronronne comme une bouilloire au feu. Moi, je me tais. J'ai dit tout ce que j'avais à dire, il ne me reste plus qu'à écouter !

— Dans le temps, commence-t-elle, l'île était bien différente de ce qu'elle est devenue aujourd'hui. Les gens vivaient dans leur village, ne connaissaient que leurs voisins. Les garçons découvraient le continent lorsqu'ils devenaient marins, ou bien au cours de leur service militaire... Ou bien encore quand il leur fallait partir à la guerre. Mais nous les filles, nous ne bougions pas de chez nous. Nous passions notre vie à côtoyer les mêmes rochers, les mêmes arbres, à respirer les mêmes odeurs d'ajonc ou de varech et quand nous levions la tête, c'était sans doute les mêmes nuages qui couraient dans le ciel poussés par le suroît. Notre vie était ainsi faite et nous ne nous en plaignions pas. Nous étions pauvres sans doute... Enfin les gens du continent nous auraient jugés tels, mais nous ne le savions pas... L'île nous permettait de survivre avec ses poissons et ses coquillages, avec les légumes de nos jardins et les porcs que nous engraissions. On travaillait dur et, je le crois vraiment, on était heureux !

Oxygène semble en avoir assez. D'un bond il quitte les genoux de tante Valentine et disparaît par la porte entrouverte. Elle n'a pas fait un geste pour le retenir. Yeux mi-clos, elle continue de se souvenir.

— Je serais bien incapable de situer le moment précis où j'ai pris conscience de l'existence d'un garçon nommé Julien Granger... Nous avons grandi ensemble, avons été élevés ensemble. Est-ce lui qui m'a appris à fabriquer des paniers de joncs entrelacés ou bien moi ? Qui le premier a raconté à l'autre des histoires de fantômes pour lui faire peur la nuit ? Nous avons chanté en même temps les mêmes chansons ; ensemble nous avons découvert le soleil et la mer, le rythme des saisons et celui des marées. Nos souvenirs d'enfance sont tellement mêlés que nous pourrions sans doute faire l'échange de nos mémoires !

— Grand-père m'a dit la même chose, tante Valentine !

Elle semble ne pas m'avoir entendu.

— Julien et Valentine, Valentine et Julien. Quand on en voyait un, l'autre n'était pas loin. Si Julien avait du mal à trouver la solution d'un problème, c'est bien sûr à moi qu'il venait la demander. Si j'avais quelque chose de lourd à porter, c'est à ses bras que je réclamais de l'aide. Bien sûr nous avions l'un et l'autre des parents, des amis, des voisins mais ce n'était pas pareil. Nous étions frère et sœur et nous étions plus que cela... Comment veux-tu que je t'explique quelque chose que je ne définis pas moi-même! Maintenant tous les beaux messieurs savants, les psychologues et les autres, ils trouveraient certainement des beaux noms incompréhensibles pour dire tout ça, peut-être même qu'ils nous découvriraient des complexes, pauvres innocents! Ce que je puis te dire c'est que, jusqu'à ce qu'il parte, je n'ai pas imaginé une seconde que ma vie pourrait se dérouler sans que Julien y figure. Pourtant jamais nous n'avions parlé d'avenir, jamais je ne m'étais dit que j'aimais Julien, que je devrais être sa femme un jour ou l'autre. Les choses paraissaient être toutes tracées, il n'y avait qu'à les laisser faire! Et puis voilà, le père de Julien s'est noyé, et on a offert à Julien cette place de mitron à Paris. Bien sûr il ne pouvait refuser.

— Vous avez dû être très malheureuse quand il est parti?

Elle hausse les épaules, d'un petit geste brusque.

— Malheureuse, moi? Je ne sais pas. Je ne crois pas. Simplement quand le bateau a disparu derrière la jetée du Palais et que je me suis retrouvée toute seule sur le quai, agitant mon mouchoir dans le vide, j'ai eu comme un grand coup de froid. Mais pas une seconde je ne me suis dit: j'ai de la peine, je suis malheureuse. Non. Aussitôt j'ai repris ma tâche, j'ai vaqué à mes affaires, il le fallait bien!

— Vous attendiez des nouvelles de lui?

A nouveau elle hausse les épaules.

— On n'était guère écrivassier dans ce temps-là. Et puis, qu'est-ce qu'il m'aurait dit, Julien? Qu'il travaillait comme un damné dans son fournil, trimant toute la nuit, essayant de dormir le jour? Non, je n'attendais pas vraiment de ses nouvelles...

Elle s'arrête un moment et reprend d'un ton soudain plus las:

— Simplement, au fond de moi, j'étais sûre qu'il reviendrait un jour. Je ne savais pas quand, mais j'en étais certaine. Alors j'ai continué à travailler, à vivre comme si de rien n'était. Le temps passait. J'avais seize ans, dix-huit ans, vingt ans. Sans me vanter, Thomas, j'étais plutôt jolie et bien des garçons n'auraient pas demandé mieux que de me faire un brin de cour: des fils de paysans bien établis, des seconds-maîtres de la marine nationale, et même un ou deux capitaines. Mais que veux-tu, je n'avais pas le cœur à ça. Puis la guerre est arrivée, la défaite, l'occupation allemande et le malheur pour beaucoup de gens. La mère de Julien est morte puis enfin ça a été la libération, le retour à la paix.

— Et grand-père est revenu dans l'île !

Elle secoue la tête à plusieurs reprises de droite à gauche, de gauche à droite.

— Il est revenu ? Si l'on peut dire. Juste le temps de se recueillir sur la tombe des siens, de mettre en vente son maigre héritage chez le notaire du pays, et puis il est reparti bien vite rejoindre sa femme et ses enfants. Sa place était là-bas, bien sûr ! En tout cas, moi je ne l'ai pas vu.

Elle s'est tue. Le tic-tac de la pendule prend à nouveau possession du silence. Dehors, par la porte que le chat a entrebâillée en sortant, on voit une grande flaque de soleil dans laquelle se prélasse Milord le chien...

— Vous lui en avez beaucoup voulu ?

Elle sursaute comme si elle revenait de très loin.

— A qui, petit ?

— Ben à Julien... Enfin, à mon grand-père !

Elle me sourit, mais je trouve qu'il y a beaucoup de chagrin dans ce sourire-là.

— De quoi lui en aurais-je voulu, dis-moi ? Il ne m'avait rien promis, il ne me devait rien. Je savais bien que c'était un brave homme et qu'il faisait de son mieux. Bon, quand j'ai su qu'il était marié, père de famille, je me suis efforcée de ne plus penser à lui, je n'allais quand même pas m'arrêter de vivre pour ça. Maintenant, j'avais coiffé Sainte-Catherine depuis belle lurette, j'étais une « vieille fille » comme disaient les bonnes gens, avec un rien de dédain. Alors j'ai planté des fleurs, j'ai recueilli un chien abandonné, j'ai fait des confitures. J'ai vécu, voilà, et j'ai été heureuse à ma manière ! Tu vois, c'est tout simple...

Elle n'a plus songé à mettre du bois dans le feu. Il ne reste plus que quelques minuscules braises qui rougeoient de plus en plus faiblement. A nouveau tante Valentine quitte son fauteuil, vient vers moi, pose sa main sur mon épaule.

— Mais tu comprends, Thomas, je n'ai plus envie de toucher à tout ça. Je suis devenue une vieille bonne femme, bien égoïste, semblable à une chatte au coin de son feu.

Sur mon épaule, la pression de la main s'est faite plus forte.

— Rassure-toi, petit, ton grand-père s'en sortira. A nos âges, il serait par trop ridicule d'être malade d'amour ! Il va s'en aller avec toi, son petit-fils, redécouvrir en route les charmes de Pétula. Et puis il retrouvera sa maison, sa famille, ses amis, et à nouveau il m'oubliera.

Elle dit cela d'une voix qui se veut calme, et que pourtant elle ne peut empêcher de trembler légèrement. Que lui dire? Je cherche désespérément dans ma pauvre tête de nouveaux arguments auxquels je n'aurais pas pensé, mais rien ne vient! Voilà, j'ai essayé de plaider la cause de mon grand-père et j'ai l'impression d'avoir complètement raté mon affaire.

Tante Valentine est allée jusqu'à son armoire, tellement cirée que l'on peut s'y voir. Elle ouvre les portes qui grincent un peu, fouille sous une pile de linge, revient vers moi.

— Tiens, dit-elle, c'est pour toi, pour toi tout seul. Tu la garderas en souvenir de moi. Je ne suis pas ta grand-mère, Thomas. Mais je suis tout de même une espèce de vieille tante, et qui t'aime bien.

Elle me tend une photo cartonnée, toute jaunie par le temps. Figés dans une pose hiératique, imposée par le photographe ambulant, il y a un garçon et une fille, d'une douzaine d'années peut-être. Lui a les cheveux ras, des yeux vifs qui fixent l'objectif, il est un peu engoncé dans ses vêtements du dimanche. Elle porte déjà la coiffe belle-îloise, sur ses cheveux tirés en arrière. Elle est ravissante. Elle ne regarde pas le «petit oiseau qui va sortir». Non, elle contemple le garçon à ses côtés, et dans ses yeux, il y a toute la tendresse du monde.

— Voilà, dit-elle doucement. Julien et Valentine, Valentine et Julien tels que nous étions il y a des siècles!

Je balbutie un «merci» qui me paraît bien court devant un tel cadeau. Mais que lui dire!

D'ailleurs Valentine a posé un doigt sur mes lèvres.

— N'essaie pas de faire des phrases, mon garçon. Les mots ne veulent pas dire grand-chose, tu sais!

D'un coup, elle va jusqu'à la porte, et l'ouvre en grand: le soleil entre à flots. Milord, tiré de son farniente, vient vers nous en remuant la queue...

— Et maintenant, Thomas, il faut que tu t'en ailles!

C'est vrai, je n'ai plus rien à faire ici. J'ai échoué lamentablement dans ma mission. Tout est dit.

Je m'avance vers la vieille dame pour l'embrasser...

Et c'est à cet instant précis que Gaëlle fait son apparition...

Elle arrive sur son vélo, à fond de train, effarouchant les poules et les canards. Elle jette son «clou» contre la margelle du puits. Elle a dû foncer car elle semble être à bout de souffle.

— Thomas, Thomas, tu es là?

J'aime bien Gaëlle, mais je n'avais pas besoin de sa présence au moment où je m'apprête à prendre congé de Valentine. Enfin, il faut bien lui répondre.

— Oui, je suis ici!

Comme une trombe, elle pénètre dans la pièce si tranquille et s'arrête devant moi.

— Je te cherche partout, Thomas. Il faut venir tout de suite !

— Que se passe-t-il ?

— Ton grand-père... Il a eu un accident. Il est tombé sur la grande côte.

— C'est grave ?

— Je ne sais pas. On est parti chercher le médecin... Tout de même, il vaut mieux que tu viennes !

Je me sens complètement perdu tout à coup. J'ai envie de pleurer, j'ai envie que maman soit là, auprès de moi, et que je puisse me blottir dans ses bras...

C'est à ce moment que la petite main toute lisse de tante Valentine se pose sur ma joue, comme une caresse.

— Ne t'en fais pas, Thomas, dit-elle, je suis là.

Déjà elle a été chercher son vélo, une bicyclette toute noire, une «Hirondelle» fabriquée à Saint-Etienne avant la guerre et impeccablement entretenue. Elle l'enfourche, se tourne vers moi, me sourit.

— Allons mon garçon, il faut y aller. On a besoin de nous !

10

Malgré nos vieux vélos, malgré nos âges respectifs, nous avons dû battre des records de vitesse sur la distance qui sépare la maison de Valentine du bourg de Locmaria. J'avais l'impression de pédaler dans les nuages : j'imaginais mon grand-père gravement blessé, agonisant, mort peut-être déjà, et je me rendais compte à quel point il m'était devenu cher...

Quand nous sommes arrivés chez cousine Rosa, le médecin était au chevet de Julien Granger. Cousine Rosa nous a fait entrer dans la grande salle, en attendant le diagnostic.

— Asseyez-vous, mes pauvres enfants, asseyez-vous !

— Que lui est-il arrivé ? a demandé tante Valentine.

Cousine Rosa a levé les bras au ciel.

— Je n'en sais trop rien, ma pauvre ! Emile Le Bihan et Jean Madec l'ont découvert dans les cailloux du côté de la Pointe de l'Echelle, et heureusement, parce que la mer montait et qu'il risquait de se faire enlever par une lame. Il a dû vouloir s'aventurer dans la falaise. A son âge ! Tous les jours je lui disais : «Cousin Julien, vous n'êtes pas raisonnable», mais, dame, si tu crois qu'il m'écoutait !

Valentine a interrompu les lamentations de l'aubergiste.

— Dans quel état est-il ?

– Il est vivant, c'est sûr, mais il a dû se rompre tous les os, sans compter sa caboche de Breton têtu !

— Attendons l'avis du docteur, a dit Valentine.

Elle avait entouré mes épaules de son bras et, sans qu'elle s'en rende compte, elle me serrait très fort contre elle, comme si elle voulait me protéger du malheur...

Enfin, le médecin est descendu.

— Alors docteur ?

— Alors ? Eh bien, aussi étrange que cela puisse paraître, il n'a rien de cassé... Des contusions sur tout le corps, une bosse au front, des écorchures. C'est tout ! Et je n'en reviens pas.

— Donc, ce n'est pas grave ?

Il a haussé les épaules.

— En principe, non. Mais la commotion semble avoir été très forte, et il nous faudra être vigilants durant les heures qui vont suivre. Le cœur me paraît solide, mais tout de même, on ne sait jamais. Donc veillez-le bien, et si jamais vous constatez quelque chose d'anormal, montée de la fièvre, agitation ou au contraire prostration, téléphonez-moi, j'arriverai aussitôt!

Il a griffonné une ordonnance, puis il nous a laissés. Tante Valentine a pris aussitôt les choses en main :

— Je vais m'installer au chevet de Julien, a-t-elle dit. C'est ma place. Toi Rosa, tu vas prendre ta Mobylette et aller chercher les médicaments à la pharmacie du Palais. Gaëlle tiendra la boutique... Quant à Thomas...

— Je veux veiller grand-père, ai-je dit.

Elle m'a regardé, a hoché la tête.

— Après tout, mon garçon, tu en as le droit!

*
* *

On a clos à demi les volets. La chambre est plongée dans la pénombre. Grand-père repose dans le grand lit de milieu. Il a une énorme bosse au-dessus de l'œil droit, et une grande estafilade sur la joue. Il doit dormir, car il n'a pas bougé lorsque nous sommes entrés à pas de loup, tante Valentine et moi. Sa respiration semble calme, régulière et je commence tout de même à être un peu moins inquiet.

Tante Valentine s'est assise sur une chaise, à son chevet. J'ai pris place sur une autre chaise un peu plus éloignée. Voilà, nous attendons.

Le temps se met à passer lentement, au rythme de la respiration de grand-père. Par la fenêtre les bruits du village nous parviennent feutrés, comme d'un autre monde. Je regarde le dos de tante Valentine courbé vers le lit du blessé. Au bout de je ne sais combien de temps, cousine Rosa entrouvre la porte avec d'infinies précautions, pose les médicaments sur la table.

— Ça va ? chuchote-t-elle.

— Oui, il dort.

— Thomas, il faut que tu viennes manger. Il est bientôt trois heures et tu n'as rien dans le ventre depuis ce matin.

Je vais protester que je n'ai pas faim, mais tante Valentine me devance.

— Oui, dit-elle, va manger. Et ne t'inquiète pas, je veille sur lui.

Je dois le reconnaître, j'ai dévoré de bon appétit l'en-cas préparé par cousine Rosa : charcuterie, omelette au lard, gâteau breton. Tout en me couvant du regard, la brave femme n'arrêtait pas de bavarder.

— Il peut dire qu'il revient de loin, ton grand-père. Même pas une jambe de cassée, tu te rends compte ?

Pour un peu, on aurait dit qu'elle trouvait ça injuste !

— Quelle idée aussi d'aller courir dans les rochers, à son âge. Heureusement qu'Emile et Jean avaient décidé d'aller pêcher le bar ce matin. Sans ça, on aurait pu le chercher pendant des heures avant de le retrouver... Si on l'avait retrouvé !

J'aime bien cousine Rosa, mais je dois dire que ses jérémiades m'énervent un peu. Dès que j'ai fini de manger, je me lève.

— Je retourne là-bas, lui dis-je.

— Va, mon garçon, veille bien sur lui. C'est un vieil imprudent, mais c'est tout de même un brave homme.

Bien sûr je me fais le plus silencieux possible en approchant de la chambre... Je tourne la poignée de la porte en retenant mon souffle, je rentre sur la pointe des pieds et je m'arrête : tante Valentine et grand-père sont en train de converser à mi-voix ! Ils ne m'ont pas entendu, et ils ne peuvent me voir. Je demeure interdit, ne sachant si je dois partir ou manifester ma présence...

— Julien Granger, espèce de vieux fou, peux-tu me dire ce que tu allais faire dans les rochers de Beg-er-Squeul ?

Elle le gronde, mais il y a tellement d'affection dans sa voix !

— Je vais te le dire, Valentine.

— Ne parle pas trop, ça pourrait te fatiguer...

— Tu te souviens, autrefois, quand nous étions enfants. Souvent nous allions garder les vaches de ce côté, face à la mer...

— Bien sûr que je me souviens !

— Rappelle-toi, un jour de printemps nous avions découvert une petite plate-forme au milieu de la falaise... Elle était couverte d'une herbe tendre, et d'œillets maritimes.

— Oui, je vois, Julien !

— Nous sommes descendus jusque-là, et puis avec l'herbe verte et les œillets roses, je t'ai tressé une sorte de couronne que j'ai posée sur tes cheveux blonds...

— Je me souviens, Julien, même si c'est tellement lointain !

Il tousse, fait la grimace car tout de même il doit avoir mal, puis il reprend :

— Ce matin j'ai décidé d'aller me promener par là et, sans le faire exprès, je me suis retrouvé devant notre plate-forme. Elle n'avait pas changé. Comme autrefois elle était tapissée d'herbe tendre et d'œillets de mer. Alors, je me suis dit : « Avant de quitter Valentine pour toujours, je vais lui faire une couronne, comme jadis. »

— Vieux fou, va !

— Seulement voilà, j'avais oublié que je n'avais plus douze ans, et que la pente était raide. Mon pied a glissé sur une pierre, je n'ai pas eu la souplesse voulue pour me retenir... Voilà, je suis parti...

— Tu aurais pu te tuer, Julien!

— C'est ce que je me suis dit, tant que durait ma chute. Je te jure que c'est vrai, Valentine. Je pensais: «Voilà, je vais mourir ici, chez moi à Belle-Île, je vais m'enfoncer dans l'océan.» Tu me croiras si tu veux, mais je n'avais pas peur. Non, je me sentais plutôt heureux. Je pensais à toi.

— Tu vas te taire, vieil entêté!

— Et puis j'ai atterri assez rudement juste sur notre plate-forme, au milieu des œillets. Un miracle, sans doute, mais que je n'ai pu apprécier à sa juste valeur, car tout bêtement je suis tombé dans les pommes!

Il me semble bien que tante Valentine a pris dans sa main la main de grand-père. Je reste où je suis, n'osant pas respirer.

— Valentine?

— Oui, Julien.

— Tu sais, il faut que nous finissions nos jours ensemble, comme nous les avons commencés.

— Mais Julien...

— Je respecterai ta vie, tu verras! Tu garderas ta maison, tes bêtes, tes habitudes. Simplement j'habiterai tout à côté!

— Il est tellement tard!

— Il n'est pas trop tard. Ce que la vie nous a empêchés de réaliser quand nous étions jeunes, voici qu'elle l'offre à nos soixante-dix ans.

— Oh, Julien!

— Valentine Clément, j'ai l'honneur de vous demander en mariage... Refuserez-vous cette faveur à un presque mourant!

— Heureusement que tu dis «presque», sans ça je t'arrachais les yeux.

— Tu dis oui?

— Eh bien oui, là. Mais ne compte pas sur moi pour te mignarder... Tu regretteras peut-être ton entêtement, mon bonhomme!

— Ça m'étonnerait, a murmuré grand-père...

J'ai refermé la porte, alors que la tête de Valentine se penchait doucement vers celle de Julien. J'ai reculé de dix pas dans le couloir, et je suis revenu en traînant les pieds, en toussant, pour manifester ma présence.

Ils ont tourné en même temps leur visage vers moi; et tandis que tante Valentine me souriait, grand-père m'a gratifié d'un clin d'œil triomphant. Le vieux malin! Je me suis demandé un moment s'il n'avait pas monté l'opération de toutes pièces, pour forcer la main à Valentine... Ce n'était pas possible, évidemment, mais avec lui sait-on jamais!

Elle s'est levée, elle m'a embrassé doucement sur

le front, puis d'un geste de la tête, elle a désigné grand-père.

— Il a fini par gagner, Thomas, m'a-t-elle dit. Vous avez fini par gagner, tous les deux. Est-ce que tu veux toujours de moi comme grand-mère de remplacement?

— Oh, tante Valentine!

*
* *

J'ai repris l'*Acadie* deux jours plus tard, au port du Palais. Grand-père, Valentine, Gaëlle, cousine Rosa, m'accompagnaient. Grand-père avait un œil au beurre noir, un restant de bosse, des bleus, des égratignures, mais il rayonnait. Malgré les protestations de Valentine, il avait tenu à conduire lui-même Pétula, jusqu'à l'embarcadère.

Le bateau a appareillé... Tous quatre, ils agitaient leurs mouchoirs pour me dire au revoir et bien sûr j'ai pensé au départ de mon Pépé la Boulange soixante ans plus tôt, quand Valentine se tenait toute seulette au bout de la jetée. A mon tour, j'avais l'impression de laisser une partie de moi-même sur cette île qui, en si peu de temps, était devenue «mon île». Mais je savais bien que désormais j'y reviendrais souvent!

Maman m'attendait à la gare Montparnasse. Je lui

ai raconté l'histoire en long et en large, dans le bus qui nous ramenait à la maison. De temps en temps elle hochait la tête d'un air ravi.

— Ton grand-père est décidément un personnage hors du commun, a-t-elle dit lorsque j'en ai eu terminé. Et j'ai hâte de connaître la tante Valentine!

A Nogent, ç'a été un autre son de cloche! J'étais chargé de leur annoncer la nouvelle et je l'ai fait. Oh! là là! Tout d'abord j'ai cru que tante Marcelle allait se trouver mal (elle est presque aussi bonne comédienne que grand-père!)...

— Qu'est-ce que tu me racontes, Thomas!

— La vérité, ma tante. Grand-père va se remarier avec tante Valentine!

— Tante Valentine! tante Valentine! Je ne connais pas cette personne; et ça doit être une fameuse intrigante!

— Oh non!

— Je sais ce que je dis.

Peu à peu l'orage s'est apaisé et tante Marcelle a fini par se résigner. Que pouvait-elle faire d'autre? D'ailleurs je suis sûr que lorsqu'elle aura fait connaissance de tante Valentine, elle sera bien obligée de l'aimer, comme tout le monde!

Ils doivent se marier au début des grandes vacances. Nous irons tous là-bas, à Locmaria, et moi j'y resterai tout l'été.

Je retrouverai Belle-Île, les falaises du large, les plages de la côte sous le vent.

Je retrouverai cousine Rosa et Gaëlle...

Et puis mon Pépé la Boulange et sa femme, ma grand-mère Valentine...